CW01521155

PEN-BLWYDD HAPUS?

I Mam, wnaeth roi pob
cyfle i fi na chafodd hi.

PEN-BLWYDD HAPUS?

FFION EMLYN

Diolch o galon i fy nheulu am fy niodda
i'n mwydro am y stori hon ers oes
a diolch i Meleri Wyn James am ei hamynedd.

Argraffiad cyntaf: 2024
© Hawlfraint Ffion Emlyn a'r Lolfa Cyf., 2024

Cynllun y clawr: Sion Ilar

Rhif Llyfr Rhyngwladol: 978-1-80099-567-3

Dymuna'r cyhoeddwyr gydnabod cymorth ariannol
Cyngor Llyfrau Cymru

Cyhoeddwyd ac argraffwyd yng Nghymru
ar bapur o goedwigoedd cynaliadwy gan
Y Lolfa Cyf., Talybont, Ceredigion SY24 5HE
e-bost ylolfa@ylolfa.com
gwefan www.ylolfa.com
ffôn 01970 832 304

RŴAN

LLOFFT

Mae Martha'n gorwedd ar ben cynfasau'r gwely, er bod ei chorff yn crynu. Mae ei llygaid ar agor ac mae'n syllu i fyny, i un man, ond ar ddim byd. Petai hi ddim yn crynu gymaint, byddai rhywun yn meddwl ei bod hi wedi marw, yn enwedig o weld y gwaed. Cymaint o waed.

Mae'n dywyll. Does ganddi ddim syniad faint o'r gloch ydi hi er bod y golau glas ar y cloc radio yn dangos 4.45 yn glir. Does ganddi ddim syniad chwaith ers faint mae hi'n gorwedd yma, ar ei gwely, yn gafael yn y gyllell, ond mae ei bysedd wedi colli'u lliw. Yn sydyn, mae ei llygaid yn symud o'r nenfwd ac i lawr y wal. Mae'n gwneud penderfyniad, i drio gwneud rhywbeth, unrhyw beth. Symud.

CYNT

PEN-BLWYDD
HAPUS I FI

OEDD HI'N BEN-BLWYDD arna i dydd Llun. Tri deg dau. Doedd o ddim hyd yn oed yn ben-blwydd arbennig, nag oedd? Eto, wnaeth Mam a Dad benderfynu ei fod yn ddiwrnod perffaith i rannu eu newyddion. Lwcus bod Daf wedi cynnig gneud pryd o fwyd i ni yn tŷ, yn hytrach na mynd â mi allan fel oedd o 'di bwriadu. Nid mod i wedi gneud sioe fawr ond, wel, oedd o'n uffar o sioc, felly o'n i'n falch mod i adra.

O'n i wedi cael pen-blwydd lyfli tan hynny. Pawb wedi cofio, diolch i'r gwefannau cymdeithasol, ond dim llawer wedi gyrru cardiau, diolch i'r gwefannau cymdeithasol. Dwi'n gwybod bod cardiau yn wastraff pres a phapur ond mae'n neis eu cael nhw. Felly dim ond tri chardyn reit bathetic oedd ar y silff eleni – un yn llai na llynedd wedi colli Nain a'i phapur pum punt blynyddol, bechod.

Ond ges i'n sbwylio gan Daf. Ei gardyn o oedd y mwyaf o'r tri. 'To My Girlfriend' mewn gliter pinc wedi cael ei briod le yn y canol, ac yn gadael ei ôl sgleiniog ar hyd y cardiau eraill, y silff, fy nwylo a fy nillad. Ges i frecwast yn gwely gan fod fy mhen-blwydd yn syrthio yn ystod gwyliau'r ysgol bob blwyddyn, diolch byth. Mi oedd Daf wedi cael potel o jin i fi eto a tsioclets bach drud ond tro 'ma, mi oedd o hefyd wedi cael penwythnos i ni'n dau mewn rhyw fath o babell fawr siâp hanner swigen yn Sir Fôn. Awn ni fis Tachwedd pan fydd hi'n dawelach. Dwi'm yn siŵr iawn sut le 'di o, mae'n edrych fel rhwbath o'r ffilm *E.T.* ond bod 'na *hot tub* tu allan – un o'r rhai llosgi pren yna sy'n cymryd amser i gnesu. 'Ma rheiny'n well,' medda Daf. A rhatach. O'n i wedi meddwl stydio y lle yn iawn neithiwr ond aeth pethau'n flêr braidd ar ôl, wel...

Ges i fàth lyfli tra bod Daf yn gneud cyrri sbesial – dwi dan draed pan mae o'n gegin felly oedd hynny'n siwtio ni'n dau. Wedyn gymres i lot gormod o amser i ddewis be i wisgo, fel dwi'n neud drwy'r amser – er mai dim ond aros adra'n tŷ oeddan ni a doedd diawl o ots be oeddan ni'n gwisgo, ond o'n i isio teimlo bach yn sbesial ar 'y mhen-blwydd. Oedd Mam a Dad wedi gneud ymdrech, fel maen nhw bob tro dim ots lle maen nhw'n mynd – Mam wedi steilio ei gwallt yn ddel a'r ddau yn cyd-fynd yn eu glas. Fysa rhai yn meddwl ei fod o'n naff eu bod nhw'n gwisgo dillad 'run lliw ond dwi wastad 'di meddwl ei fod o'n ciwt. Mae'n gneud i fi wenu beth bynnag. Mi oedd gen i ofn fysan nhw'n siomedig ein bod ni ddim yn mynd allan i ddathlu ond doeddan nhw ddim. Dwi'n dallt pam rŵan wrth gwrs.

Oedd y cyrri'n anhygoel, y jin yn mynd lawr yn rhy hawdd. Pawb yn mwynhau cwmni'i gilydd a finna'n chwerthin ar straeon y tri ohonyn nhw – o'n i wedi eu clywed sawl gwaith o'r blaen, ond dim ots. Wedyn... yr edrychiad bach yna. Fysa neb arall wedi sylwi mond fi. Mae Mam a Dad yn dal llygaid ei gilydd weithiau... mae o fel côd cudd. Mae o'n rhwbath sbesial. Lwcus.

Beth bynnag. Yr edrychiad bach yna, ar ôl i bawb orffen y

cyrri ac yna aeth Mam i'w bag ac estyn darn bach o bapur a deud,

'Pen-blwydd hapus i chdi, pwt, mi–'

Ond cyn iddi orffen ei brawddeg mi oedd Daf wedi cychwyn canu a mi edrychodd Mam a Dad ar ei gilydd eto cyn penderfynu ymuno yn y canu i greu triawd oedd allan o diwn yn uffernol erbyn y llinell ola.

'...Pen-blwydd hapus i Martha, pen-blwydd hapus i chdi.'

O'n i'n gwybod bod Mam ar fin ailafael yn ei brawddeg ond doedd Daf ddim wedi gorffen wrth i ni gael 'hip hip hwrê' ganddo, deirgwaith.

Wedyn welais i Dad yn gafael yn llaw Mam a nodio ei ben yn arwydd iddi adael iddo fo gymryd drosodd.

'Yli, pwt, mae dy fam a fi wedi bod yn meddwl...'

'Owwww, seriys,' meddai Daf ond saethodd Dad edrychiad (gwahanol iawn) ac mi gaeodd ei geg reit sydyn. Mae gan Dad lot o fynadd efo Daf fel arfer.

O'n i 'di dechra panicio erbyn hyn ac yn meddwl bod gan y ddau rwbath mawr i'w ddeud wrtha i ond fysan nhw ddim mor greulon â hynny, siawns? Fysan nhw'm yn dewis fy mhen-blwydd i ddeud bod un ohonyn nhw'n marw, na fysan?

'Dach chi'n iawn? Dach chi'n sâl, Dad? Mam? Chi sy'n sâl? Be sy'n matar! Dudwch wrtha i!'

'Na, na, does 'na neb yn sâl. Mae dy fam a fi yn tshampion. Deud gwir 'dan ni 'di pacio'r camper-fan newydd yn barod i fynd ffwrdd am fis bach fory, do, Sian?'

'Wel be sy, 'ta?' O'n i 'di gweithio'n hun i fyny braidd rŵan, ac ella wedi cael gormod o jin, ond o'n i 'di cael blas ar deimlo colled. Mewn eiliad o'n i 'di claddu'r ddau a finna – yn unig blentyn yn y byd – yn gorfod clirio'r tŷ a gwerthu'r camper-fan newydd! Mae Daf yn deud mod i'n ddigon o ddrama cwîn heb y jin... ella'i fod o'n iawn.

''Dan ni'n dau yn iawn, wir, 'ŵan,' ychwanegodd Mam gan nabod y panic ar fy wyneb. Dyma hi'n cymryd yr awenau eto oddi wrth Dad.

'Fel ma dy dad yn deud, mae gynnon ni rwbath 'dan ni isio i chdi wbod. Mi ydan ni wedi bod isio deud wrtha chdi ers blynyddoedd ond, wel, mi ydan ni wedi bod yn aros am yr amser iawn.'

'A mi ydan ni'n dau yn teimlo bod yr amser yna wedi dŵad.' Dad eto.

A fel hyn oedd hi wedyn, nôl a blaen rhwng y ddau fel gêm denis. Dwn i'm oeddan nhw wedi ymarfer y ddeialog yma adra, 'ta'r côd cudd oedd yn eu galluogi'o berfformio'r olygfa efo amseru mor berffaith. Yna'r ergyd yma...

'Y peth ydi, pwt, nid fi ydi dy dad di.'

A dyna fo. Fel yna. Y cliffhanger. Y llinell farwol pan ddaeth y byd i stop.

Bwrish i'n jin marmalêd dros bawb.

Ond doedd y ddeialog ddim drosodd a dyma Mam yn codi ei chiw yn gelfydd.

'Ond cyn i chdi ddechrau chwara meddylia mod i wedi twyllo dy dad... mi oedd o'n gwbod.'

'Be?' medda finna â'r jin yn dripian lawr fy ngên.

'O'n. Mi o'n i'n rhan o'r peth,' ychwanegodd Dad.

Mi o'n i'n dechrau ailfeddwl faint o ymarfer oedd y ddau wedi ei neud ar y ddeialog erbyn hyn achos mi oedd eu geiriau'n creu lluniau anffodus iawn yn fy mhen.

'Be ma dy dad yn trio ei ddeud ydi... bo ni'n dau wedi cynllunio popeth.'

Gwella dim.

'Y gwir ydi, Martha, oedd dy fam a finna'n methu ca'l plant. Er gymaint o fod isio nes bo ni'n dau'n sâl… ac yn gwbod ym mêr ein hesgyrn ein bod ni i fod yn deulu o dri–'

Mi oedd 'na ddagrau yn llenwi llygaid Dad rŵan ac mi o'n i'n casáu hynny. Ciw Mam eto.

'Ar ôl blynyddoedd o siom a wel, doedd gynnon ni ddim digon o bres i ga'l triniaeth iawn, mi oeddan ni bron â rhoi'r gora iddi… ond… ond mi oedd gynnon ni griw o ffrindia da… doedd, Brei?'

'Oedd, tad… oedd.' Mi gymrodd Dad anadl fawr a joch mwy o wisgi i setlo'i hun cyn cario mlaen. 'Fi o'dd y broblem, ti'n gweld.'

'Brei–'

'Mi ddaru'r ffrindia 'ma, wel, mi ddaru nhw gynnig helpu ond ddim – ti'n gwbod *efo* dy fam… ym…' Mi oedd o'n dechra colli ei le yn y sgript rŵan ac yn edrych yn ymbilgar ar Mam – ac wrth gwrs mi ddaeth hithau i'w achub fel arfer.

'Mae 'na ffyrdd – dwi'n siŵr bo chdi'n dallt, Martha – doedd dim rhaid i fi… ti'n gwbod?'

'Yndw, Mam,' medda finna'n sydyn i roi diwedd pendant i'r trywydd yma yn y sgwrs.

'Dwi ddim,' meddai Daf o nunlla. Mi oedd o 'di bod yn dawel iawn yn ystod yr olygfa opera sebon yma, yn byta darn o gacan ben-blwydd, er mod i ddim 'di cael cyfle i'w thorri hi eto.

Anwybyddu'r sylw nath Mam a Dad a chario mlaen gan bwysleisio–

'Felly mond dy dad a fi o'dd yna ar y noson a dydan ni ddim yn gwbod pa un o'r pump–'

'Pump?!' medda fi mewn llais nad o'n i wedi ei glwad o'r blaen.

'A doeddan ni... wel, *dydan* ni ddim isio gwbod chwaith. Ond mi wnaethon ni'n dau gytuno y bysan ni'n deud wrtha chdi un diwrnod a wel, dy ddewis di fysa fo wedyn.'

Tawelwch eto. Ar wahân i sŵn Daf yn mwynhau'r gacan. Yna, dyma Dad yn symud ei gadair yn nes ata i, ac edrych reit i'n llygaid, i neud yn siŵr mod i'n mynd i wrando ar bob un gair, cyn deud yn araf –

'Wnawn ni ddim dal dig os wyt ti isio gneud profion a gwbod pwy...' Oedd y sgript yn mynd yn drech go iawn arno fo rŵan. '... os wyt t'isio gwbod pwy ydi... ydi dy dad.'

Ac yn y foment yna, dim ond un peth o'n i'n gallu ei ddeud.

'Chi... chi 'di Dad.'

A dyma'r wên fwya i mi ei gweld erioed yn llenwi ei wyneb tra bod y dagrau oedd yn cronni ynghynt, bellach yn rowlio lawr ei focha coch.

'Ia, fi ydi Dad a fi fydd Dad am byth... ond os wyt ti *isio* gwbod... mi fydd dy fam a fi yn dy gefnogi di i'r carn.'

Estynnodd Mam y darn bach o bapur unwaith eto, yr un gychwynnodd y ddrama fawr yma a'r un oedd wedi bod yn gorwedd ar y bwrdd ers hynny yn aros yn amyneddgar am ei ran yntau yn y sioe.

'Mae'u henwau nhw yn fama... a maen nhw'n bobl sbesial iawn. Bob un ohonyn nhw. Achos... achos mi wnaethon nhw roi chdi i ni.'

Do'n i'm yn gwybod ai gwylltio, yntau crio, yntau chwerthin o'n i isio gneud. Roedd ganddyn nhw y ffor yma o ddeffro bob blydi emosiwn ar yr un pryd weithia. Pam deud wrtha i? A pham rŵan? Am hanner awr wedi wyth ar noson fy mhen-blwydd? Oedd 'y mhen i'n llawn cwestiyna ond aros yn fy mhen wnaethon nhw i gyd.

Dwi'n siŵr bo ni'n pedwar wedi ista yn fanna am hanner awr neu fwy efo dim byd ond sŵn Daf yn crafu ei blât yn gefndir, cyn i'r ddeuawd fentro:

'Wel?' Mam.

'Deud rwbath, pwt?' Dad.

Dyma fi'n gafael yn y gacan ben-blwydd, ei thynnu hi ata i yn araf ac yna plymio fy ngwynab reit mewn i'w chanol. Ddudish i 'ffyc mi' wrth i 'nhrwyn hitio'r eisin 'fyd ond dwi'm yn meddwl glywodd neb hynny.

*

Jest fel'na, ges i wybod nad Breian Roberts oedd 'y nhad beiolegol i. A dyna pam on i'n ista ar y bws i Lundain y bore wedyn efo darn bach o bapur ym mhoced fy jîns – darn o bapur efo pump enw hollol ddiethr wedi eu sgwennu'n daclus arno. A mi o'n i isio chwdu. Ond 'nes i ddim. Dwi'm yn un sy'n chwdu, dim ond *teimlo* fel gneud a weithia fyswn i'n licio taswn i'n gallu gneud achos dwi'n siŵr fysa rhywun yn teimlo'n well yn cael 'i chwdu o i gyd allan.

Dwi'm yn licio bysus. Dwi'm yn snob na'm byd ond maen nhw'n stopio ymhob man a sgenna i'm mynadd efo hynny. Ond ella mai hunanol, dim difynadd dwi… yn meddwl bod y bws ond i fy siwrna *fi* a bod dim ots lle ma pawb arall isio mynd. Bai bod yn unig blentyn 'di hynna, beryg. Os o'n i'n unig blentyn? Sut uffar on i'n gwybod? Ella fod 'na gant a mil o hanner Marthas yn rhedeg rownd lle. Callia rŵan, Martha, medda fi wrtha fi'n hun a chymryd llowciad mawr o ddŵr. Ac yna difaru'n syth achos mi oedd hi am fod yn uffar o siwrna hir a doedd na'm unrhyw ffordd o'n i am fentro'r toiled ar y bws. Eto, dim am fy mod i'n snob, ond am fy mod i 'di bod ar y bysus yma o'r blaen.

Mi o'n i 'di gneud bac yp yn y *notes* ar fy ffôn rhag ofn byswn i'n colli'r papur bach. Ond mi oedd y papur yn dal gen i rhag ofn i mi golli fy ffôn. Mi oedd o'n teimlo fel peth call i neud, efo gwybodaeth mor bwysig. Gneud sens, doedd? Oedd? Do'n i'm yn gwybod. Do'n i'm yn gwybod dim byd ddim mwy. Ffyc mi.

RŴAN

CEGIN

Mae Martha'n symud ei choesau oddi ar y gwely a syllu arnyn nhw yn hir fel petaen nhw ddim yn perthyn iddi hi. Mae'n amau a fyddan nhw'n ddigon cryf i ddal ei phwysau petai'n trio codi ac mae'n hollol iawn achos mae'n syrthio yn ôl ar y gwely yn syth. Mae'n trio eto ond y tro hwn yn defnyddio yr un llaw rydd i afael yn ochr y gwely. Rhywsut, mae'n llwyddo i sefyll, ac yn sadio ei hun cyn gadael yr ystafell heb edrych yn ôl.

Bron fel petai hi'n cael ei chario gan rywbeth, mae'n cerdded ar draws y landin heb neud unrhyw sŵn. Mae'n aros am ennyd gan wybod bod drws y llofft fach yn gilagored ac mae'n gweld bod Elffi yn cysgu'n drwm ar y llawr yn gwasgu Tedi Melyn yn dynn. Tydi Martha ddim yn mynd i mewn i'w chodi hi'n ôl ar y gwely. Mae'n troi ei phen a mynd lawr y grisiau ac i'r gegin gan basio golau coch y peiriant ateb yn fflachio.

Er ei bod hi'n dywyllach yn y gegin nag oedd hi yn y llofft, dydi hi ddim yn rhoi'r golau ymlaen ond yn hytrach mae'n mynd yn syth at y sinc a throi'r tap. Mae'n rhedeg y dŵr yn hir gan ddisgwyl iddo gynhesu ond dydi o ddim. Mae'n edrych ar ei llaw dde a bron yn gwenu o weld yr olygfa swreal. Mae ganddi ofn cyllyll erioed a dyma hi rŵan â'i bysedd yn crogi'r carn fel petai'n trio gwasgu pob dropyn o waed ohono. Yn ofalus, defnyddia ei llaw chwith i blicio pob bys yn eu tro i ffwrdd o'r gyllell ond mae'i llaw yn crynu a'r bysedd wedi cloi. Mae'n weithred araf a phoenus mwy na thebyg, ond dydi hi ddim yn teimlo'r boen.

Wedi golchi'r gyllell gyda'r dŵr oer mae'n ei chadw yn y drôr uchaf ond cyn cau'r drôr mae'n taro lliain golchi llestri dros y gyllell, sy'n ddefod arferol iddi – nid i'w chuddio rhag neb arall, ond i'w chuddio rhagddi ei hun. Daw ton o ryddhad drosti yn sydyn ond mae'r rhyddhad yn ei gneud hi'n benysgafn ac mae'n teimlo chwys oer yn rhedeg lawr ei hwyneb.

Mae'n sychu ei hwyneb gyda'i chrys T, un gwyn ar un adeg sydd bellach yn goch ac yn wlyb. Mae'n teimlo gwlybni'r crys T ar ei hwyneb ac mae'n ceisio'i dynnu yn sydyn ond mae'n mynd yn sownd o amgylch ei gwddw ac wrth iddi gwffio i ryddhau ei hun, mae'r gwaed yn cyffwrdd ei gwefusau ac mae'r blas a'r aroglau yn codi cyfog arni. Mae'n rhwygo'r crys T i ffwrdd ac yn ei luchio ar y llawr oer cyn brysio'n ôl at y sinc.

Ni all ddal rhagor. Mae'n chwydu ac mae'r sŵn yn adleisio ar garreg y sinc. Mae'n damio ei bod wedi gneud gymaint o dwrw ac yn rhoi ei llaw ar draws ei cheg i geisio dad-wneud ei blerwch. Mae'n rhedeg y dŵr eto, yn sgwrio ei hwyneb yn rhy galed ac yna'n camu am yn ôl wysg ei chefn nes ei bod yn cyrraedd y gadair agosaf. Mae'n eistedd yno, yn dal i flasu cymysgedd o waed a chwd ac mae'n aros. A phan ddaw'r gnoc ar y drws, dydi hi ddim yn sioc iddi.

LLUNDAIN

Dim ond 10% o fatri oedd gen i erbyn i mi gyrraedd yr ysbyty. Fy mai i am ddefnyddio blydi *maps* fy ffôn yn hytrach na chodi fy mhen i edrych o 'nghwmpas i. O'n i wedi cerdded fyny a lawr Gower Street yn trio gweithio allan pa ffordd oedd y smotyn bach glas yn mynd nes mod i'n chwil ac wedi wastio amser a batri. Fel o'n i'n dechra dallt lle o'n i, mi ffoniodd Daf a mi oedd rhaid i mi ddefnyddio fy ffôn fel, wel, fel ffôn. Doedd o ddim yn coelio mod i wedi mynd, medda fo, er mod i'n meddwl i mi fod yn reit ddramatig yn gadael efo bac pac mawr gwyrdd ar fy nghefn a chyhoeddi drwy ddagrau swnllyd mod i'n mynd ar daith allai newid fy mywyd am byth.

'Ti'n Llundain? Rŵan!'

'Yndw, Daf, 'nes i ddeud mod i'n mynd, 'do!' O'n i'n gweiddi braidd – nid achos mod i'n flin ond achos ei bod hi'n stryd swnllyd uffernol.

'Ond sut? Ar y bws?!'

'Ia! A Tube. Mae 'na un reit wrth ymyl fama. Deud gwir, ma Euston reit wrth ymyl, 'sa well 'swn i 'di ca'l trên.'

'Tube! Ti'n gall, da? Ti 'rioed 'di bod ar y Tube o'r blaen, Martha.'

'Do, siŵr! Yli, Daf, alla i'm aros yn hir, dim ond ffifftîn pyr sent sgen i ar ôl ar y ffôn!'

'O, ti 'di bod yn iwsho blydi *maps* 'na eto, 'do? Faint o weithia dwi 'di deud wrtha chdi am godi dy ben a iwsho dy frên, Martha!'

'Naddo dwi ddim!' medda finna yn gelwydd i gyd. 'Iawn, 'na'i siarad efo chdi wedyn, alla i'm clwad chdi'n iawn!' Ac wrth iddo ddeud rwbath am 'lol wirion' a 'mynd adra' 'nes i ddiffodd y ffôn, i arbed batri. Ond, mi 'nes i 'godi 'mhen a iwsho 'mrên' a be oedd reit o flaen fy nhrwyn ond arwydd mawr yn deud University Hospital London.

Rŵan mod i yno, do'n i'm yn siŵr iawn be i neud. 'Nes i feddwl ffonio Daf nôl a chytuno bod hyn yn lol wirion a gofyn iddo brynu tocyn trên adra i fi ond erbyn hyn mi oedd y batri lawr i 6% felly dim ond un dewis oedd 'na. Cymryd anadl fawr a cherdded i mewn drwy'r drws. Drwy'r drws iawn, dim yr un A&E fel 'nes i.

Owain Stevens oedd yr enw ar dop y papur bach yn fy jîns a mi oedd o'n reit hawdd i'w ffeindio achos mi oedd o'n gweithio yn adran Dermatoleg yr ysbyty. O'n i'n meddwl, neu'n rhyw obeithio, y byswn i'n cael trafferth dod o hyd iddo mewn lle mor fawr ond, ar ôl bod ar goll yn A&E am ychydig, mi wnaeth porthor clên fy arwain bob cam i'r adran gywir ac er nad oedd hi'n daith hir, mi ges i glywed hanes ei fywyd a chael ei farn ar wleidyddiaeth, rygbi a gwerth yr iaith Gymraeg. Chwarae teg iddo. Ond mi ges i hefyd gwpan o ddŵr ac am hwnnw oedd fy niolch mwya.

Mae'n siŵr bod yr ystafelloedd aros wedi hen arfer â bod yn ferw o nerfau ond mi oedd y rheswm dros fy nerfau i'n wahanol. Mi oedd fy amseru yn berffaith achos mi oedd y clinig newydd orffen a'r *Consultant* Owain Stevens ar fin gadael am y dydd (meddai Jayne yr ysgrifenyddes oedd wedi rhoi gwybod mod i yno, a hefyd wedi ychwanegu yn hyderus na fyddai ganddo amser i ddod i 'ngweld i gan fod *Ywain* mor brysur). Mi ddywedodd Jayne hyn i gyd tra oedd hi'n cnoi ar ei gwm. Gwenais arni a deud wrthi y byswn yn aros rhag ofn. Gwnaeth rhyw sŵn, dal i gnoi ei gwm cyn pwyntio at le addas i mi eistedd.

Ar y bws yma mi o'n i wedi paratoi araith fawr yn egluro digwyddiadau noson fy mhen-blwydd – y cyrri, Mam a Dad yn eu glas, y gacan a'r rhestr o bump tad posib ond gofish i fod Daf yn cwyno mod i'n cymryd gormod o amser i ddeud stori, yn rhoi gormod o fanylion bach dibwys, felly wrth ista ar gadair werdd, galed yn gwrando ar sŵn cnoi gwm afiach Jayne, mi wnes i benderfynu mai cadw at y prif bwyntiau fysa orau a 'nes i ddechrau sgwennu pwyntiau bwled ar fy ffôn. *Chwilio am dad. Yr un beiolegol. Un o bump. Dim angen gwybod am y gacan.* Ond ar ganol sgwennu 'gac' mi o'n i'n gallu teimlo bod yna bâr newydd o lygaid yn syllu arna i. Do'n i'm yn siŵr a ddylwn i orffen fy rhestr 'ta codi fy mhen. Codi fy mhen 'nes i a dyna lle oedd dyn mewn siwt biws golau, smart a sgidiau brown yn sefyll ac yn syllu. Sefish i ar fy nhraed a syllu'n ôl arno. Mi fuodd y ddau ohonan ni'n syllu fel'na ar ein gilydd am be oedd yn teimlo fel oes, yn sicr yn ddigon hir i neud i Jayne arafu ei chnoi. Llyncish i'r ychydig lleia o boer oedd gen i ac o'n i ar fin chwydu'r araith wreiddiol sgwennais i ar y bws, pan ddechreuodd y dyn yn y siwt biws neud sŵn anadlu rhyfedd. O'n i am redeg i chwilio am help pan waeddodd y dyn yma dros yr ystafell wag, *'I am your father!'* A dwi'n meddwl bod Jayne wedi llyncu ei gwm cnoi.

Ar ôl y ffrwydrad dramatig, mi oedd y dyn yn y siwt biws wedi rhedeg ata i a 'ngwasgu i'n dynn cyn fy llusgo lawr i gaffi'r ysbyty ac archebu dau goffi mawr i ni'n dau. Do'n i ddim wedi deud gair o 'mhen yr holl ffordd – nid achos mod i'n nerfus ond achos ches i'm cyfle!

'*I don't actually know if I'm your father, love*, ond *Star Wars geek* fan hyn! Sorri!' meddai wrth afael yn fy mraich a cherdded lawr y coridor gan egluro mai llinell o'r ffilm *The Empire Strikes Back* oedd '*I am your father*' a dyna'r peth cyntaf ddaeth i'w feddwl pan welodd o fi. Mi oedd o'n gwybod yn union pwy o'n i, medda fo – do'n i'm angen fy araith na fy mhwyntiau bwled hanner orffenedig o gwbl.

Er y bysa'n well gen i *oat milk latte* na choffi du mi oedd y ffaith ei fod o'n siarad fel pwll y môr yn gneud i mi deimlo'n gyfforddus. Mi oedd y caffi yn lle oeraidd, swnllyd braidd efo sŵn y traffig o'r stryd o'n i arni ynghynt yn bownsio o un bwrdd lliwgar i'r llall. Doedd o'm byd tebyg i'r caffis WRVS o'n i wedi arfer efo nhw. Rheiny efo'r oglau *toasted teacake* oedd yn cnesu'ch calon. Bob tro dwi'n ogleuo *teacake* mae'n fy atgoffa i o fynd â Nain i'w hapwyntiadau sbyty. 'Dim ond panad i fi, 'mach i – fedrwn i'm byta dim byd,' fyddai hi'n ddeud bob tro, a chladdu *teacake* fawr cyn mi orffen rhoi menyn ar fy nhost.

O'n i'n trio gwrando'n astud ar ddyn y siwt biws, neu Ywain Stevens. Jayne oedd yn iawn, dim mynnu ynganiad Saesneg i enw ei bos oedd hi. Mi oedd Owain wedi newid ei cnw pan symudodd i Lundain gyntaf.

'I *fi*, dim i neb arall,' meddai wrth orffen ei goffi a dal llygaid rhywun i ofyn am fwy.

'*Not to make it easier* i neb ei ddeud ond mae'n edrych yn well, ti'm yn meddwl? – Ywain Stevens. 'Nes i feddwl ychwanegu enw canol hefyd – Ernest neu Ciccone ond *bit naff, eh?*' meddai gan chwerthin.

Mi o'n i'n licio hwn. A mi oedd pawb arall i weld yn ei licio fo hefyd wrth iddo bryfocio staff y caffi a chyfarch bron pawb oedd yn dod mewn. Mi oedd hyd yn oed y pwysigion tu ôl i'w laptops yn fodlon colli eiliadau o'u gwaith hanfodol er mwyn codi eu pennau a hanner gwenu arno. Dach chi'n gallu deud dipyn am rywun wrth edrych ar ymateb pobl eraill iddyn nhw.

Wrth iddo ddechrau adrodd ei hanes, dim ond hanner gwrando o'n i. O'n i methu peidio â'i stydio yn iawn. Oedd hi'n anodd deud faint oedd ei oed. Pumdegau hwyr ella? Mi o'n i 'di cymryd y bysa fo yr un oed â Dad ond doedd dim rhaid iddo fod, nagoedd? Jest achos eu bod nhw i gyd yn ffrindiau ar y pryd, doedd dim rhaid eu bod nhw i gyd yr un oed. Os o'n i'n dri deg dau, 'sa fo'n gallu bod yn ei bumdegau... Neu ella ei fod o'n hŷn a bod ganddo groen da uffernol – wel mi oedd o'n arbenigwr yn y byd dermatoleg, doedd? Nid mod i'n dallt fawr ddim am y byd hwnnw. O'n i'n chwilio am unrhyw arwydd o debygrwydd rhwng ei wyneb o â fy un i. Mi oedd ganddo lygaid mawr brown fysach chi'n gallu suddo i'w canol ond llygaid bach oedd yn newid lliw ar fympwy oedd gen i. *Typical*, doedd hyd yn oed fy llygaid i ddim yn gallu gneud penderfyniad. Mi oedd ganddo wallt llwyd ond o botel, dwi'n meddwl, felly doedd hynny'n ddim help o ran oedran ond mi oedd ganddo wallt trwchus da, tra bod fy ngwallt i'n denau ac yn lliw dim byd. Os oeddwn i'n mynd yn ôl edrychiad, mi allwn groesi hwn oddi ar y rhestr yn syth.

O hynny o'n i wedi ei ddeall o'i fonolog mi oedd o'n *consultant* yn yr ysbyty yma ers bron i bum mlynedd ar hugain, yn mwynhau pob eiliad ac mi oedd yn byw yn Chiswick efo'i bartner, Sean, a'u merch wyth oed, Elffi. Mi oedd yr enw Elffi i'w glywed bob yn ail brawddeg ganddo felly mi oedd yn amlwg yn meddwl y byd ohoni. Mi oedd o i'w weld yn berffaith – smart, llwyddiannus, hapus, bodlon ei fyd a doedd y ffaith fy mod i wedi glanio yn ei waith efo bac pac rhy fawr ddim wedi ei styrbio o gwbl. Yn sydyn, mi sylweddolodd Ywain nad oedd o wedi cau ei geg ers i ni gyfarfod.

'*So rude*! Dwi mor sorri, Martha bach. Dwi'n rili nerfus. Dwi 'di bod yn dychmygu'r diwrnod yma ers dros *thirty years* a dwi wedi mynd bach yn *excited*. *Shame*! Dwi heb ofyn dim byd i ti!'

'O, does 'na'm byd i ddeud. Dwi'n *boring* iawn,' medda finna yn trio diffodd fy ffôn wrth weld enw Daf yn ymddangos.

'Rhywun yn trio cael gafael arnat? *Boyfriend*? Gŵr? Gwraig? Croeso ti ateb o.'

'Na, mae'n iawn. Sgen i'm llawer o fatri ar ôl. Dafydd. 'Nghariad i.'

'Ac ers pryd wyt ti a Dafydd efo'ch gilydd?' holodd, gan syllu efo'i lygaid brown wedi eu hoelio arna i, i mi ddeall mod i'n cael ei sylw i gyd rŵan. Oedd well gen i pan oeddwn i ddim.

'Prifysgol. Y ddau ohonon ni'n athrawon. Dim yn yr un ysgol.'

'Ow, na, *you wouldn't want that*! A ti'n hapus?'

Do'n i'm wedi disgwyl y cwestiwn yna a diolch byth fedrai o ddim peidio ag ateb ei gwestiwn ei hun.

'*As happy as you can be* efo'r *bombshell* yma, *eh*?' meddai gyda chwerthiniad bach annwyl.

O'n i'n dechrau meddwl bod Mam wedi rhoi gwybod iddo mod i ar fy ffordd, ond mi eglurodd Ywain nad oedd o wedi cadw mewn cysylltiad efo Mam a Dad yn anffodus, ond mi oedd yn gwybod yn iawn y byswn i'n dod i chwilio amdano. '*I jest knew*.' Mi oedd o'n sicr y bysa Mam a Dad yn deud y gwir am y 'pump' rhyw ddydd, a mi oedd o'n synnu ei bod hi wedi cymryd tan rŵan. Mi o'n i hefyd yr un ffunud â Mam, medda fo, felly mi oedd o'n gwybod pwy o'n i'n syth. Fel arfer mae'n deimlad braf clywed rhywun yn deud hynny ond yn y foment yma mi fyswn i wedi gneud unrhyw beth i glywed mod i'n edrych fel Dad... y Dad wnaeth fy magu i, nid yr enwau diarth ar y papur 'na.

'*So, love*, be ydi'r plan? Isio DNA?' gofynnodd Ywain a thorri ar draws fy hiraeth am Dad.

Yn sydyn o'n i'n teimlo'n annigonol iawn. O'n i wedi mynd i deimlo fel hyn yn ddiweddar ac mi oedd y ffaith mod i wedi dod yr holl ffordd a styrbio bywyd y dyn prysur yma yn ei waith, heb gynllun o gwbl, yn gneud i mi deimlo fel ffŵl. Mae'n rhaid ei fod o wedi sylwi achos allan o nunlla mi ddechreuodd ganu 'Un dydd ar y tro fy Iesu', a chwerthin dros y caffi heb boeni dim am darfu ar yr un o'r pennau tu ôl i'r laptops.

Ar y bws mi o'n i wedi gneud rhestr arall o bethau i'w gofyn ond mi oedd y rhestr yn fy ffôn ac wrth gwrs mi o'n i wedi diffodd hwnnw. Mi o'n i ar fin gofyn mwy am Sean ac Elffi pan ganodd ei ffôn o – a dyna gychwyn drama'r dydd – y gyntaf o sawl un i ddod efo Owain Stevens. O, Ywain Stevens, dwi'n feddwl.

*

Doedd 'na'm llawer o le yn yr Audi TT. Mae'n rhaid bod gan Ywain a Sean gar arall hefyd, meddyliais, achos yn bendant doedd hwn ddim yn gar teulu. Ond yn hwnnw aethon ni i nôl Elffi o'r ysgol. Dyna oedd y ddrama. Doedd Sean ddim wedi mynd i'w nôl hi ac mi oedd Ywain mewn panig llwyr.

'*What do you mean he's not there? It's nearly six! Oh my God, where's Elffi? Is she there? Has she disappeared? Have you called the police?'* Er mod i ond wedi cyfarfod Ywain ers tua awr mi oedd y panig yma gan y *consultant* yn y siwt biws yn fy synnu braidd.

Mi oedd Elffi, neu Spiderman, yn hollol saff ac yn eistedd yng nghefn yr Audi TT erbyn hyn, yn lluchio cant a mil o gwestiynau tuag ata i.

'Sut dŷ sgin ti?'

'Ym, tŷ teras bach.'

'Be 'di bwyd gora ti?'

'Ym, dwi'm yn siŵr. Pasta?'

'Pam ti'n gofyn i fi? Dwi'm yn gwbod, nadw?'

O'n i'n gwybod o'r eiliad yna y byswn yn dod i feddwl y byd o Elffi ond mi o'n i hefyd yn reit falch nad oedd gen i lond dosbarth o Elffis!

'Os ti'n athrawes pam ti'm yn ysgol heddiw? Dojo?' Mi oedd y cwestiynau'n dal i ddod.

'Mae'n hanner tymor yng Nghymru,' atebais.

'Be ti'n licio neud?'

'Ym, dwi'm yn siŵr... nofio?'

'Faint o ffrindia sgen ti?'

'Dwi'm yn siŵr...'

'Sgen ti gariad?'

'Oes. Dafydd.'

'Ti'n mynd i briodi fo?'

'Yndw'. 'Nes i ateb hwnna heb feddwl.

'Pryd? Ga i ddod? 'Na'i wisgo fatha Black Widow.'

O'r diwedd mi achubodd Ywain fi ac egluro bod gan Elffi obsesiwn efo cymeriadau Marvel ers rhyw ddwy flynedd a'i bod yn mynnu gwisgo fel un o'r arwyr bob dydd. Heddiw, Spiderman oedd hi.

'Ydi'r ysgol yn hapus iddi wisgo fel'na?' holais, yn gwybod mor haearnaidd oedd rheolau gwisg f'ysgol i.

'*Not really* ond mae gynnon ni *compromise*, 'ŵan, does, Elffi? Dim ond tri diwrnod mae'r *superheroes* yn cael mynd i'r ysgol ac ar ôl hanner tymor, dim ond dau, yn de, Elffi?'

Symudodd Spiderman ei braich i ryddhau gwe pry cop. Doedd hi'n amlwg ddim yn cytuno efo cynllun yr ysgol a'i thad.

'*Expressing her creativity*,' meddai Ywain ychydig yn amddiffynnol ond doeddwn i ddim yn gweld bai. Oedd yn well gen i weld plant yn dod i'r ysgol yn eu dillad eu hunain ond doeddwn i ddim wedi deall eto beth oedd y rheswm tu ôl i awydd mawr Elffi i wisgo'r dillad yma.

Ers i ni ddod i'r car mi oedd ffôn Ywain wedi canu'n ddi-stop ond doedd o ddim wedi ateb yr un alwad. Sean oedd yn trio cael gafael arno. Mae'n rhaid bod Ywain yn flin efo fo am beidio â nôl Elffi, meddyliais.

Roedd wedi cynnig i mi jarjio fy ffôn pan ddaethon ni i'r car ond 'nes i wrthod – o'n i'n eitha mwynhau lleihau ar fy saith awr o *screen time* dyddiol.

'Reit, *music*, Maestro!' meddai Ywain wrth iddo ddiffodd galwad gan Sean am y ddegfed waith. 'Be t'isio, Elffi?'

'Pwy 'di hoff *singer* ti, Martha?'

O, 'ma ni eto! 'Dwi'm yn siŵr,' atebais yn pathetic gan ychwanegu 'sgen i'm un'.

'*Eh*? Ma RHAID bo gen ti! Pwy ti'n hoffi, 'ta?'

Do'n i wir ddim yn gwybod pwy o'n i'n licio ac aeth fy meddwl i'n blanc. Daf oedd yn dewis bob dim ar Spotify a fedrwn i'm meddwl am neb oedd ar y *playlist* yna. O'n i'n methu meddwl am neb! Ond mi oedd yr hogan bach yma yn mynnu ateb... yn fy mhanic, mi weiddish i'r unig enw ddaeth i'm meddwl.

'Ed Sheeran!'

A mi oedd Spiderman yn dawel am sbel cyn gofyn. 'Rili?'

'Wel, ymysg eraill wrth gwrs. Dwi'n licio bob math deud gwir. Pwy ti'n licio, 'ta?' medda fi'n ddigon sydyn cyn iddi holi mwy a phrofi fy anwybodaeth gerddorol.

'Gei di weld, 'ŵan!'

Ac am weddill y daith hanner awr drwy draffig Llundain, mi ges i glywed deuawd Elffi ac Ywain yn canu efo pob math o bobl – o Gwyneth Glyn i Billie Eilish i Aretha Franklin – ond yn amlwg mi oedd 'Sebona Fi' Yws Gwynedd yn ffefryn achos mi gawson ni honno deirgwaith. Grêt.

★

Mi o'n i wedi dychmygu y byddai tŷ Ywain yn eitha sbesial. Wel, ar ôl y siwt biws, yr Audi TT, a mi oedd gan Elffi ffôn dipyn gwell na fy un i – fel y gwnaeth hi sylwi a mynnu deud yn syth wrth gwrs! Mi *oedd* y tŷ yn sbesial iawn. Clamp o dŷ Fictorianaidd ar stryd dawel ond unwaith oeddech chi'n agor y drws ffrynt mi oeddech chi'n camu i gylchgrawn *Amazing Contemporary Homes*. Wrth gerdded i mewn i'r gegin mi oedd yna oglau bwyd mawr yn taro rhywun a mi feddylish yn syth bod Scan yma. O'n i'n siomedig braidd achos o'n i isio chydig o amser efo Ywain ar ei ben ei hun. Ond doedd dim golwg o Sean ac mi aeth Ywain yn syth at y popty i dynnu llond plât o basta mewn saws tomato i Elffi ei gladdu. Mae'n debyg bod Ywain wedi gallu rheoli'r popty o'i ffôn ac wedi gneud yn siŵr bod y bwyd yn gynnes erbyn cyrraedd adra. Mi oeddan nhw'n gallu defnyddio eu ffonau i neud pob math o bethau yn y tŷ 'ma – troi'r golau mlaen, gwres mlaen, agor llenni, cloi ac agor drysau a gymaint mwy na'r Google maps a Candycrush o'n i'n chwarae.

Ar ôl i Elffi orffen ei bwyd, mi ges i daith drylwyr iawn drwy'r tŷ a dwn i'm sawl ffordd wahanol sydd yna o ddeud 'wow' ond dwi'n siŵr y gwnes i ddefnyddio pob un. Erbyn i'r daith orffen mi oedd hi'n dechrau twyllu a allwn i ddim credu mor dwp o'n i wedi bod. Doeddwn i'm wedi meddwl be o'n i am neud ar ôl cyfarfod Ywain. Doedd hyn ddim fel fi o gwbl! Bron fel tasai o'n gallu darllen fy meddwl eto, mi ofynnodd,

'*Sooo*, y plan, *love…*'

'O, ia… wel, a bod yn onest, nath bob dim ddigwydd mor sydyn… does gen i ddim cynllun iawn. Dwi'n meddwl mod i am drio ffeindio y pump sydd ar y rhestr a–'

'Cael DNA pawb?'

Edrychais i gyfeiriad Elffi, oedd bellach mewn gwisg Iron Man, i weld faint o'r sgwrs oedd hi'n ei ddeall ond mi oedd hi ymhell yn ei byd ei hun ar yr iPad, felly mentrais ateb.

'Ella. Isio cyfarfod pawb ydw i gynta, dwi'n meddwl… ac wedyn mynd o fanna.'

'A sut wyt ti'n mynd i *fynd* o fanna? Ar y bws?'

Mi oedd 'na fwy na thinc o sarcasm yn ei gwestiwn. A mwy o'n i'n meddwl am y peth, mwyaf stiwpid o'n i'n deimlo. Eto.

'Bws neu drên… dwi angen gweithio allan lle maen nhw gynta.' Oedd hynna'n blydi amlwg, Martha!

Mi oedd Ywain yn dechrau teimlo bechod dros y lwmp pathetic efo bac pac gwyrdd oedd yn edrych yn hollol allan o le yn ista ar ei soffa wen anhygoel.

'Mi fyswn i'n licio dy helpu di ond dwi 'di colli *contact* efo pawb erbyn hyn yn anffodus. *Shame. Life, eh?* Bosib bod Rhys yn Gaerdydd ac ella bod Huw yn dal yn ardal Caerfyrddin ond *can't be too sure, love*. Sorri.'

'Mae'n iawn. Dwi'n siŵr o'u ffeindio nhw!' meddwn i'n llawn hyder fel taswn i'n chwilio am oriadau car o'n i 'di colli.

'Syniad!' meddai Ywain dros bob man. 'Ddo'i efo ti!' Nid cwestiwn oedd o.

'Efo fi?'

'Ia. Mae gen i amser i ffwrdd o'r gwaith a mae'n hanner tymor ar Elffi wythnos nesa. Mae gen i'r car a mi fydd yn gyfle i ni ddod i nabod ein gilydd yn well hefyd.'

O'n i wir ddim yn gwybod be i ddeud. Sut uffar o'n i wedi cael 'yn hun yn y sefyllfa yma? Adra o'n i fod, yn fy Oodie, yn gorffen gwylio'r gyfres am y llofruddwyr yna, efo pacad o Mini Eggs, dim mewn tŷ diarth yn Llundain efo popty â'i feddwl ei hun, fatha rhwbath o *Doctor Who*. O'n i isio ffonio Daf ond er bod 'na ddigon o fatri ar fy ffôn bellach o'n i'n gwybod yn iawn be fysa fo'n ddeud: 'Paid â bod mor blydi stiwpid, Martha! Ti'm yn mynd mewn car efo boi ti'm yn nabod! 'Sa fo'n gallu bod yn *mass murderer*!'

Ond o'n i wedi gwylio digon o gyfresi ar lofruddwyr i fod yn eitha siŵr bod Ywain ddim yn *mass murderer*. Oedd o'n ddoctor. Ond wedyn oedd Harold Shipman yn ddoctor, doedd? Cyn i mi ffeindio rheswm call pam na allwn i fynd efo fo – heb ei gyhuddo o fod yn llofrudd – mi ofynnodd,

'Wel?'

A'r unig beth allwn i ddeud oedd ei adleisio,

'Wel...'

'Grêt!' medda fo. 'Elffi? Tisio mynd am drip bach, babi?'

'O... ac Elffi?' medda fi.

'Dwi'm yn mynd i'w gadael hi'n fama ar ei phen ei hun, nadw! Dau funud fyddwn ni'n pacio 'chydig o betha. Awn ni i Gaerdydd heno a gawn ni hotel neis i ni gael amser i *work out* gweddill y *plan*.'

'Be am Sean?'

Ond cyn i mi orffen fy nghwestiwn mi oedd y ddau wedi

diflannu i fyny'r grisiau sbiral. Mi oedd Sean yn gweithio fel *chef* mewn bwyty drud yn y ddinas ac mae'n siŵr na fysa fo'n gallu bod adra efo Elffi gyda'r nos, ond do'n i'm yn siŵr oedd taith fel'ma yn addas i hogan bach wyth oed chwaith! Cyn i mi gael amser i brosesu'r hyn oedd yn mynd ymlaen, mi oedd Iron Man yn dod yn ôl i lawr y grisiau yn gafael yn dynn mewn tedi bach melyn a thu ôl iddi oedd Ywain, yn dal yn ei siwt biws ac yn cario cesys piws golau.

'O, reit. Rŵan, 'lly?' medda finna oedd 'di gneud 'yn hun yn rhy braf ar y soffa wen.

'No time like the present!' A ffwrdd â fo yn syth am y drws.

Fel deuawd fach, mi ddechreuodd ffonau Ywain a minnau ganu ond dewis anwybyddu y ddau wnaethon ni.

Yn y car, oedd reit llawn erbyn hyn, efo un o'r cesys piws wedi gorfod mynd i'r sêt gefn at Elffi gan fod 'na'm lle yn y bŵt, gafaelodd Ywain yn fy llaw.

'Paid â phoeni. Fyddwn ni fel Thelma a Louise,' medda fo.

'Pwy?' medda finna.

'Yn y ffilm? Mae'n ffab. Mae'r ddwy yma yn mynd ar *road trip* efo'i gilydd. *But they drive off a cliff in the end.* Ti 'di gweld hi?'

'Naddo.'

'O. Sorri. Dim pwynt rŵan.'

Ac wrth i'r ddau ohonan ni ddechrau chwerthin yn wirion, mi o'n i'n fwy nag *eithaf* siŵr mod i ddim yn mynd ar *roadtrip* efo Harold Shipman.

RŴAN

CRYS T

MAE MARTHA YN eistedd yn hollol lonydd ar y gadair annifyr. Mae'n sicr petai hi yn symud, byddai rhannau ohoni yn torri'n ddarnau bach ar lawr y gegin. Mae'n gwybod ei bod hi'n eistedd yno, ond dydi hi ddim 'yno' ychwaith. Mae ei hanadlu hi'n araf, yn rhy araf efallai, ac mae'r plismon ieuengaf yn amau am eiliad ydi hi'n fyw o gwbl. Mi oedd o wedi dychryn yn gweld yr olwg welw arni pan gyrhaeddodd o. Yn ei bum mlynedd ar hugain ar y ddaear, dydi o erioed wedi gweld ffasiwn liw ar neb.

Mae hi 'yno' ddigon i wybod bod y ddau blismon yn siarad efo hi ac mae eu sŵn yn ei gwneud hi'n chwil eto. Y dyn sydd yn siarad fwyaf ond dim ond ambell air sy'n treiddio drwy ei chwmwl. 'Dŵr? Te cry? Sorri.'

Dydi PC Gareth Williams ddim wedi bod yn y sefyllfa yma o'r blaen ac mae ei ddiffyg profiad yn gwneud iddo siarad mwy na sydd angen. Yn wir, does ganddo ddim clem be mae o i fod i wneud efo'r ferch welw gyda gwallt hir seimllyd sydd yn eistedd, fel cymeriad o ffilm arswyd Siapaneaidd, ar y gadair o'i flaen. Yn fud. Mae'n edrych tuag at ei bartner ac ymbil am arweiniad ond yr unig beth mae honno'n gynnig iddo ydi'r rolio llygaid arferol, felly mae'r plismon yn tynnu ei gôt ac yn ei lapio o amgylch Martha.

Mae PC Gareth Williams yn profi amynedd ei bartner, PC Teresa Evans, yn fwy na'r arfer y bore yma a hithau wedi cael noson hwyr neithiwr ac mae hi'n arwyddo iddo fynd i fyny'r grisiau o'r ffordd. Am y tro cyntaf ers i'r ddau lanio yn y gegin, mae Martha'n ymateb gan droi ei phen ac mae'r blismones yn egluro mai dim ond mynd i edrych o gwmpas y lle mae o, bod dim angen iddi boeni, fydd o ddim yn cyffwrdd â dim. Mae'n gweiddi'r rhan olaf i sicrhau bod ei phartner yn clywed hynny hefyd er mwyn ei atgoffa o'r protocol. Dyma'r lle olaf mae Teresa eisiau bod heddiw, ac mae hi'n benderfynol nad ydi hi am gael y bai am y llanast yma.

Mae Martha yn edrych lawr ar y crys T gwyn gwaedlyd sy'n dal mewn lwmp afiach ar y teils oer ac mae'n cofio mor ofalus oedd hi wrth ei olchi a cheisio ei gadw'n wyn. Mi oedd wedi difetha gymaint o ddillad dros y blynyddoedd ond mi oedd wedi llwyddo i gadw hwn yn glaerwyn. Tan hyn. Tra bod Teresa a Martha yn eu bydoedd cymylog eu hunain, daw'r plismon yn ôl i lawr y grisiau a sibrwd rhywbeth yng nghlust ei bartner. Sut ddiawl bod y ddau yma heb weld y crys T? meddylia Martha.

Mwy o eiriau yn torri drwodd eto – 'Rhywun yno? Ffonio rhywun? Te cry?'

Does dim arwydd o ymateb gan Martha i'r hyn sydd yn mynd ymlaen ac mae'r plismon yn edrych ar ei bartner yn gwbl anobeithiol erbyn hyn. Cymer Teresa un ochenaid fawr i fagu'r egni sydd ei angen i gymryd rheolaeth ar y sefyllfa ond cyn iddi gael cyfle i agor ei cheg mae'n clywed sŵn traed arafach yn dod i lawr y grisiau ac mae'r tri yn troi fel un i weld Elffi ym mreichiau ei thad. Mae hoel crio ar y ddau ac mae eu llygaid coch yn cael eu denu yn syth at y crys T gwaedlyd ar lawr. A rŵan mae'r ddau ffŵl arall yn ei weld hefyd.

CYNT

BRECWAST

P**WY FYSA'N MEDDWL** y byswn i'n treulio fy hanner tymor yn bwyta 'mrecwast efo Wonder Woman a'r dyn oedd yn un o bump tad beiolegol posib yn gwmni? Dwi'n deud 'cwmni' ond doedd yr un o'r ddau wedi deud gair wrth ei gilydd ers y ffrae, dim ond pigo ar eu ffrwythau a'u hadau tra mod i wedi claddu'r *cereals*, y *cooked*, dau dost a jam ac yn cymryd pum munud bach yn trio penderfynu ai crempog 'ta wafflan fysa hi nesaf. Wel, doeddwn i'm 'di byta fawr ddoe a mi oeddan ni wedi talu amdano fo. Wel, mi oedd Ywain wedi talu. Oedd o'n mynnu. Cyflog *consultant* yn mynd yn bellach nag un athrawes, er doedd y gwesty ddim wedi plesio Ywain neithiwr. Doedd ei westy arferol ddim ar gael a mi dreuliodd hanner y noson yn ymddiheuro bod rhaid i ni 'slymio' hi. Slymio hi?! Efo peiriant crempog a *waffles*!

Mi o'n i'n trio cofio be fyswn i'n neud fel arfer wythnos hanner tymor. O'n i'n mynd i Gaer efo'r gennod bob blwyddyn ond oeddan ni heb fod ers tua tair blynedd. Methu cael amser oedd yn siwtio pawb. Uchafbwynt y gwylia dwytha oedd Daf a fi'n ca'l cinio yng Nghricieth. Nath hi fwrw ond er mod i wrth fy modd efo glaw a gwynt y môr, adra aethon ni'n syth ar ôl y cinio fel dau hen bensiynwr.

'Yfa dy sudd oren.' Geiria cynta'r bore gan Ywain.

'Dwi'm isio fo. Dwi'm yn hoffi sudd oren. Mae o'n llawn siwgr,' meddai Elffi gan stwffio mefusen ychydig yn rhy fawr i'w cheg.

Mi oedd hi'n mynd i fod yn ddiwrnod hir. Aeth Ywain nôl at bigo ar ei fowlen o gnau. Mi oedd o'n edrych yn llai ffurfiol bore 'ma yn ei jîns golau a siwmper denau werdd. Mi oedd yn amlwg yn treulio amser yn y *gym* ac mi oedd hi'n anodd coelio bod hwn yr un oed â Dad. Dad. Gofish i'n sydyn mod i wedi ffonio fo am un o'r gloch bore. Damia.

Mi oedd hi wedi deg arnon ni'n cyrraedd y gwesty neithiwr erbyn i Ywain dderbyn bod ei hoff westy yn llawn. Mi gawson ni ddwy ystafell drws nesa i'w gilydd ac er bod Elffi wedi swnian am gael aros efo fi, mi fynnodd Ywain ei bod hi'n aros efo fo a mi oeddwn i'n reit falch. Mae hi'n annwyl iawn ond mae'n gofyn mwy o gwestiynau na chyflwynydd *Mastermind* a doedd gen i fawr o egni erbyn hynny. Digwydd bod, doedd gan Elffi ddim chwaith ac mi oedd y gradures yn cysgu ar ben y gwely cyn gallu tynnu'r siwt Iron Man.

Mi roddodd hyn amser i Ywain a finna siarad yn iawn am bethau heb glustiau bach chwilfrydig yn gwrando. Dros botel neu ddwy, dwi'm yn cofio yn iawn faint felly mwy na thebyg oedd hi'n dair, mi eisteddon ni wrth y bwrdd bach o dan y ffenest yn eu hystafell nhw ac ar ôl esgus darllen y *Guide to Cardiff* o glawr i glawr mi wnaeth cyfuniad y gwin, y blinder a dylanwad cwmni Elffi, ella, roi'r hyder i fi ofyn fy nghwestiynau fy hun am y tro cyntaf.

'Ers pryd oedda chdi'n nabod Dad? Sut oeddach chi i gyd yn ffrindia? Be'n union ddigwyddodd?' A mi oedd Ywain yn barod iawn i ateb.

'Wel, oedd Rhys, Tom a dy dad yn yr un flwyddyn yn y

brifysgol. Wedyn o'dd Llŷr a Huw ddwy flynedd yn fengach na nhw... A fi? Wel, dwi'n llawer fengach na nhw i gyd, *of course*, a mi wnaethon ni gyfarfod yn yr *Am Dram* yng Nghaerdydd.'

'Y, be?'

'*Amateur dramatics*. Clwb drama. 'Nes i ymuno pan symudais i i Gaerdydd – jest i ddod i nabod pobl rili. Mi o'dd lot o fyfyrwyr yn aelodau o'r clwb. O'ddan ni'n *pretty* ffab. Fanno 'nes i gyfarfod dy dad.'

'Wow, aros funud. O'dd Dad yn actio!'

'Oedd. O'dd o'n dda 'fyd. Gwell na fi, *if I'm honest*, ond paid deud hynny wrtho fo!'

'O'ddach chi gyd yn y "grŵp" yma, felly?' meddwn i'n dychmygu'r pump fel rhyw *Britain's Got Talent* Caerdydd.

'*Oh, god*, na. O'dd Rhys – fyddwn ni'n cyfarfod fory gobeithio – yn cyfarwyddo ac actio weithiau, wel trio, *shame!* Llŷr yn gneud y gerddoriaeth a Huw – wel, o'dd Huw yna ond dwi'm *actually* yn cofio be o'dd o'n neud. Doedd Tom ddim yna ond ddes i i nabod o drwy dy dad.'

Dyma'r tro cyntaf i fi glywed yr enwau yma'n cael eu deud yn uchel. Ar y darn papur bach ym mhoced fy jîns oeddan nhw wedi bod yn byw ac oedd eu clywed nhw'n dod o geg Ywain yn gneud i bob dim deimlo yn fwy real. O'n i'n teimlo ychydig yn sâl ond ella mai'r gwin oedd hynny.

'*Good times*. Nathon ni i gyd aros yng Nghaerdydd am flynyddoedd ar ôl graddio a gawson ni uffar o laff. O'ddan ni'n ffrindiau da – efo Sian, dy fam hefyd... Fysan ni 'di gneud unhyw beth i'n gilydd... O'ddan nhw'n gwpwl sbesial iawn... Fi o'dd y cynta i adael Caerdydd, dwi'n meddwl. 'Nes i symud i Lundain yn *ninety-two*. Y cynllun yn wreiddiol oedd i gadw cysylltiad ond gytunon ni y bysa fo'n well i ni gadw draw ar ôl... wel, ar ôl...'

'Fi.'

'Oedd o'n well i bawb.'

Wrth i Ywain dywallt gwydr arall o win, gafaelais yn y llyfr am Gaerdydd eto. Mi oedd edrych ar bobl mewn hetiau daffodil ar Ddydd Gŵyl Dewi yn hynod ddifyr wrth i fi ddechrau sylweddoli mod i'm yn nabod Dad o gwbl.

'Ma dy dad yn *one of the best*, Martha. O'ddan ni gyd yn gwbod hynny a dyna pam wnaethon ni be wnaethon ni. O'ddan ni isio helpu fo a dy fam. O'ddan nhw isio chdi gymaint.'

Do'n i'm yn siŵr iawn be i ddeud rŵan. Oedd y gwin yn gneud i 'mhen i droi ac o'n i'n gweld Dad fel Widow Twanky yn dawnsio wrth draed gwely Elffi.

'Ti'n OK?'

'Ydw,' medda fi, er doeddwn i ddim.

Doedd Ywain ddim yn hoff iawn o ddistawrwydd felly mi gariodd ymlaen.

'Drion nhw am flynyddoedd, ond, wel, dim byd... wedyn pan wnaethon nhw ddeall na *sperm donor* oedd yr unig opsiwn... sorri, *maybe I shouldn't be saying this*. Eniwê, doeddan nhw ddim isio unrhyw Tom, Dick neu Harry. *So...* aethon nhw am Tom, Rhys, Llŷr, Huw a fi!'

Mi oedd Ywain yn meddwl bod hyn yn hileriys ac er mod i ddim yn rhannu'r jôc mi oedd ganddo chwerthiniad heintus a mi rois i'r llyfr Caerdydd i lawr am yr eildro.

'Pam na fysan nhw 'di gofyn i *un* ohonoch chi. Pam pump?'

'Dwi'm yn siŵr. O'ddan ni gyd yn fêts ac isio helpu. Dyma'r ffordd saffa er mwyn gwarchod ein perthynas ni gyd ella? Fel hyn doedd neb yn gwbod pwy oedd y donor a doedd dim rhaid i ddim byd newid. A – wel, ti'n gwbod nath yr un ohonan ni... Dwi'n meddwl y byd o dy fam a dy dad *but I wouldn't go there* hyd yn oed iddyn nhw. *That's why God created turkey basters.'*

Delwedd arall o'r pump fel Take That, *turkey basters*, Widow Twanky a Mam. O'n i wir angen mynd i fy ngwely. Oedd hi wedi bod yn uffar o ddiwrnod hir.

Estynnodd Ywain am ei iPad a dechrau teipio. A meddwl bod yr ystafell yn wynebu un o strydoedd prysuraf Caerdydd, mi oedd hi'n dawel yno a'r unig sŵn oedd anadl cwsg hyfryd Elffi. Mi oedd o'n reit hypnotig ac o'n i'n teimlo'n llygaid yn drwm ond oedd Ywain heb flino dim.

'Wrth gwrs, er y "cynllun", dros y blynyddoedd mi wnaethon ni golli cyswllt. *Life, eh?* Ers Elffi mae'n anodd cael amser a dydi Sean ddim yn hoffi *socials* felly dydan ni ddim arnyn nhw. Dwi'n meddwl bod Rhys yn dal yng Nghaerdydd, ac ella fydd o'n gwbod os ydi Huw dal yng Nghaerfyrddin ond Tom, Llŷr? *Who knows?* Wel… *social media may know!* Ah, o'n i'n ame. Dubai.'

Dangosodd Ywain dudalen gweplyfr Tom Edwards a llun ohono mewn sbectol haul dan awyr las ddigwmwl. *Lives in – Dubai.*

Ar ôl i Ywain dreulio yr hanner awr nesaf yn trio 'mherswadio i nad oedd Dubai yn bell ac y bysa trip i ben draw'r byd yn gneud lles i mi ar ôl sioc fy mhen-blwydd, mi es i i 'ngwely gan ofni be fysa'n llenwi 'mreuddwydion. Mae gen i gof o ffonio Mam a Dad – eu deffro, dwi'n meddwl, a nhwythau newydd yrru lawr i Gernyw yn y camper-fan… ond sgen i'm mwy o gof na hynny a dwi'n amau mod i wedi cysgu ar ganol y sgwrs achos y peth nesa dwi'n gofio ydi Elffi yn glanio arna i, yn llythrennol, tua chwech y bore.

'Bore da!'

'Hmm, helô Wonder Woman.'

'Sut ti'n nabod Wonder Woman?' O'n i ychydig yn siomedig bod Elffi yn synnu gymaint at fy ngwybodaeth o'r byd archarwyr.

Wrth i fi egluro i Elffi mod i wedi gorfod gwylio sawl pennod o *Wonder Woman* yn yr wythdegau, gan fod Mam yn gymaint o ffan, mi ddaeth 'na guro mawr ar ddrws yr ystafell.

'Martha! Martha! Agor y drws 'ma!' Doedd y drws ddim wedi cloi felly dwn i'm pam 'sa fo ddim 'di dod i mewn yn lle gweiddi tu allan yn y coridor fel Jack Nicholson yn *The Shining* ond mi godish i a mynd i agor y drws a dyna lle oedd Ywain – ei wallt fel tasa fo 'di bod drwy'r tymbl a'i grys T tu chwith allan, yn gweiddi a hyperventilatio nes bod y lliw yn diflannu o'i wyneb fesul eiliad.

'Lle ma Elffi? Ma hi 'di mynd. 'Nes i ddeffro a doedd hi'm yna. Ma rhaid i ni fynd, Martha! Ty'd, brysia!'

'Nes i drio torri ar draws fwy nag unwaith i egluro bod Wonder Woman yn helpu ei hun i *custard creams* ar fy ngwely i ond mae'n anodd gwybod pryd i dorri ar draws pan mae rhywun *mid flow*. Cyn i mi lwyddo i gael ei sylw, mi oedd Ywain wedi sylwi bod Elffi yn sefyll yng nghornel yr ystafell efo gwên ddiniwed ar ei hwyneb i drio tawelu ei thad. Mymblodd Ywain rwbath dan ei wynt wrth fy mhasio, gafael yn Elffi a'i chario allan o'r ystafell. Dwi'm yn meddwl y bysa Lynda Carter na Gal Gadot wedi gallu gneud dim i'w rhwystro.

Ers hynny mi oedd hi'n amlwg bod y ddau yn dal i bwdu. O'n i'n deall ei fod o'n poeni amdani ond mi oedd o wedi gorymateb braidd yn fy marn i a mi oedd Elffi yn cytuno yn amlwg achos doedd hi ddim am faddau i'w thad yn sydyn iawn. Ella bod hyn yn debyg i fod yn ôl yn yr ysgol wedi'r cyfan a fy lle i oedd helpu'r ddau i gymodi.

'Sut foi ydi'r Rhys yma, 'ta? 'Nest di ddeud na cyfarwyddo o'dd o?' gofynnais yn or-frwdfrydig.

'*Cocky arrogant pretentious know it all, from what I remember.*'

'Sorri, Martha, ond mae Dad yn siarad Saesneg pan mae o'n rhy ddiog i ddefnyddio geiriau Cymraeg.'

Llenwodd Ywain y myg efo'r coffi ac yfodd o i gyd mewn un llowciad. Mi oedd gen i fwy o waith efo'r rhain na llond dosbarth o blant. Benderfynais i daclo'r *pastries* a dod nôl at y ddau. Doeddwn i'm yn gallu penderfynu eto felly mi ddes i'n ôl at y bwrdd efo un *pain au chocolat*, un *pastry* cwstard ac un plaen. Erbyn hyn, mi oedd gwin neithiwr a gwledd bore yma wedi 'mherswadio i mod i'n methu bwyta dim mwy felly, mi wnes i'n siŵr nad oedd y gweinydd o gwmpas cyn lapio bob un yn ofalus mewn napcyn, a'u rhoi nhw i gyd yn fy mag cyn i neb fy ngweld. Ond mi oedd rhywun yn fy ngwylio. Dau bâr o lygaid oedd yn meddwl bod be o'n i'n neud y peth rhyfedda yn y byd. Edrychodd Elffi ac Ywain ar ei gilydd yn hollol argyhoeddedig mod i'n drysu a chychwyn giglo'n wirion dros bob man. O leiaf oedd hynny'n well na'r distawrwydd.

'Reit, dowch,' meddai Ywain ar ôl ychydig. 'Well ni fynd i ddeud helô wrth y *cocky little git.*'

RŴAN

SHIFFT HAWDD

Mae Martha'n teimlo waliau'r gegin yn cau amdani. Mae'r gegin wedi bod yn llawn pobl yn mwynhau nosweithiau meddw dros y blynyddoedd, ond ar y foment yma, efo'r ddau blismon yn baglu dros ei gilydd, mae'n teimlo'n fach iawn.

Gwyddai PC Teresa Evans fod effaith jin neithiwr wedi cyfrannu at y ffaith nad yw hi wedi sylwi ar y crys T ond dyw hynny ddim yn esgusodi ei phartner ac mae hi wedi penderfynu mai fo fydd yn cael y bai am unrhyw gamgymeriadau.

Nid bod angen iddi hi ei feio achos mae PC Gareth Williams yn beio ei hun. Sut ar wyneb daear oedd o heb weld y llanast ar lawr? Onid yw dadansoddi'r olygfa'n fanwl yn un o'r pethau elfennol mae plismon i fod i'w neud unwaith mae o'n cyrraedd lleoliad? Un llygaid ar yr unigolyn a'r llall yn cymryd llun yn y meddwl o bob dim o'i gwmpas i'w storio at eto, rhag ofn. Pam oedd o heb wneud hynny bore 'ma? Mae'n gweithio ei hun i fyny yn meddwl am hynny rŵan, yn hytrach na chanolbwyntio ar wneud ei waith yn drylwyr. Mae o hyd yn oed yn mynd i godi'r crys T i'w roi mewn bag heb wisgo menig ond mae Teresa yn ei wthio o'r ffordd ac yn cymryd drosodd. Yr unig gyfiawnhad sydd ganddo dros ei ddiffyg trefn bore yma ydi bod yr holl beth mor annisgwyl. Dim ond galwad anffurfiol oedd hon i fod. Ffafr i'r bos trwy wneud galwad lles ar ferch un o'i ffrindiau. Dyna'r oll oedd Teresa wedi fwmblan wrtho dan gwyno ben bore. Gwastraff amser yn ei thyb hi gan ychwanegu nad oedd hi'n cael ei thalu i wneud 'house calls' i ffrindiau'r bos. Ond mae'n amlwg i'r ddau erbyn hyn nad galwad arferol oedd hon.

Tra bod y ddau blismon yn profi mor ddiwerth ydyn nhw, mae Ywain wedi rhedeg i fyny'r grisiau i nôl siwmper i Martha ac yn ceisio rhoi côt y plismon yn ôl iddo, er bod hwnnw'n chwysu chwartiau. Yn cadw llygaid ar bob dim sy'n digwydd mae Elffi, a hynny gan afael yn dynn, dynn yn llaw Martha sydd bellach yn crynu llai nag oedd hi.

'Martha.' Mae llais PC Teresa Evans yn gliriach i Martha rŵan. 'Ydach chi'n siŵr bo chi ddim wedi brifo?... Ai'ch crys T chi ydi hwn?... Gwaed pwy sydd ar y crys, Martha?... Be sy 'di digwydd yma?'

'Dach chi'n gofyn lot o gwestiynau, dydach? Ond dydach chi ddim yn rhoi amser iddi ateb dim un.'

Mae PC Teresa Evans yn troi ei phen yn barod i roi llond ceg i'r llais bach efo tedi melyn ond mae'n atgoffa ei hun bod y bore'n mynd yn ddigon gwael fel mae hi cyn dechrau cega ar hogan bach mewn pyjamas. Yn hytrach, mae'r blismones yn troi at dad yr hogan am gefnogaeth.

'Martha?' meddai hwnnw yn dawel gan afael yn ei llaw arall. Ond dydi hi ddim yn ymateb iddo fyntau chwaith, dim ond yn syllu yn ei blaen.

'Ylwch,' mae'n ychwanegu. 'Dwi'n ddoctor ac mae'n amlwg iawn i fi ei bod hi mewn sioc. Be am i mi fynd â hi am check-up a gewch chi siarad efo hi wedyn?'

'Ella fysa hynna yn syniad,' sibrydodd Gareth wrth Teresa.

'O, bysa?' meddai hitha efo'i llygaid.

'Na.'

Er mor dawel yw'r llais, mae'n cario drwy'r gegin a thynnu llygaid pawb tuag at Martha, sy'n canfod ei llais am y tro cyntaf y bore 'ma.

'Ddim yn fama. Mi wna'i ateb eich cwestiynau ond ddim yn fama,' mae'n ychwanegu gan edrych ar Elffi.

Mae PC Teresa Evans yn ochneidio'n swnllyd. Shifft hawdd, gorffen yn gynnar oedd heddiw i fod.

'Iawn. Gewch chi ddod lawr i'r swyddfa efo ni ond fydd rhaid i bawb arall adael y tŷ. Tan 'dan ni'n gwybod mwy am be sydd wedi digwydd yma, mi fydd rhaid i ni selio'r tŷ.'

Mae Gareth yn nodio'n hollwybodus i gyfarwyddiadau ei bartner.

'Ddown ni lawr i'r swyddfa ar eich hôl,' mynna Ywain.

'Na.' Martha eto. 'Cerwch chi at Mam a Dad. Fydda i'n iawn.'

Er bod Ywain ar bigau isio mynd efo Martha a hithau mewn ffasiwn stad, mae'n gwybod nad ydi swyddfa heddlu yn lle i Elffi, felly mae'n cyfaddawdu.

'A i ag Elffi atyn nhw a mi ddo'i lawr yn syth wedyn.'

'Gareth – ffonia fo mewn.'

'Ffonio pwy?... O ia, ia wrth gwrs,' meddai hwnnw gan ollwng ei radio ar lawr yn ei gynnwrf.

CYNT

CAERDYDD

Mi oedd yr Audi bach yn uffernol o fach y bore hangofyraidd yma, gyrru *unigryw* Ywain oedd yn rhoi ei droed lawr dros bob bymp neu dwll yn y ffordd, a 'Bach o Hwne' Morgan Elwy ar lŵp yn gneud i'n stumog i droi. Dim byd i neud efo gwin neithiwr wrth gwrs. Rhwng cydganu'r geiria anghywir efo Morgan, mi ges i hanner ymddiheuriad gan Ywain am ei orymateb dramatig i weld Elffi yn fy ystafell bore 'ma, ond mewn modd oedd yn ei gneud hi'n glir nad oedd o eisiau trafod y peth ymhellach.

Fel deuawd fach, mi ganodd ffonau Ywain a fi eto. Sean a Dafydd. Gan fod ffôn Ywain wedi'i gysylltu i'r car mi o'n i'n gallu gweld y rhestr hir o alwadau yr oedd o wedi'u methu. O'n i wedi bod yn teimlo'n euog mod i heb ateb cwpwl o alwadau Daf ond mi oedd gweld ffôn Ywain yn gneud i mi deimlo'n well. Gan Sean oedd y rhan fwyaf o rai Ywain ond ambell un arall hefyd, gan gynnwys ysgol Elffi. Wrth bwyso'r botwm *reject* gwnaeth ryw jôc bod Sean yn methu ffeindio'r *remote* eto, siŵr o fod, a cheisio dal llygaid Elffi yn y drych. Gwenu wnaeth o felly mae'n rhaid bod ei ferch wedi ymateb. Mi oedd pethau yn ôl yn iawn rhwng y ddau diolch byth. Dwn i'm pam mod i wedi osgoi tair galwad gan

Daf chwaith. Do'n i erioed wedi dewis peidio ag ateb galwad ganddo o'r blaen. Roedd gen i ryw deimlad drwy'r amser bod pob galwad am fod yr un bwysicaf yn y byd ond do'n nhw byth. Fy ffonio i i f'atgoffa i dynnu cyw iâr o'r rhewgell oedd o fel arfer. Ond do'n i'n poeni dim rŵan am osgoi'r galwadau yma. Ella mod i'n dechrau mwynhau ychydig o lonydd. Mi oeddan ni'n gneud bob dim efo'n gilydd yn ddiweddar ac mi oedd hi'n braf gallu anadlu a meddwl drostof fy hun am y tro cyntaf ers wn i'm pryd.

Fel wnaeth Lewis Hamilton droelli lawr y stryd dawel yn Eglwysnewydd, Caerdydd mi wnaeth fy nharo i eto nad oeddwn i wedi meddwl am eiliad be o'n i am ddeud wrth y Rhys yma. Be ddiawl oedd yn bod efo fi? Mi oedd ymateb Ywain wedi mor bositif, do'n i ddim wedi paratoi o gwbl. Be tasa Rhys ddim isho 'ngweld i? Be tasa fo erioed wedi sôn wrth ei deulu am ei 'rôl' yn helpu Mam a Dad? Pa esgus allwn i roi mod i'n troi fyny fel hyn am hanner awr wedi deg ar fore Mercher? Mi oedd Ywain wedi rhoi rhyw frîff sydyn i mi am hanes Rhys yn y pum munud dwytha – gweithio i gwmni teledu, yn briod â Denise, dau o blant, ond doedd Ywain ddim yn cofio pa oed fysan nhw erbyn hyn nac ynta hogia 'ta gennod oeddan nhw.

'Ti'n dod, 'ta be?'

Mi oedd Ywain ac Elffi yn sefyll tu allan i'r car ac wedi agor y drws i mi. Mi oedd yna Vauxhall Astra glas o flaen y tŷ... roedd hi'n bosib bod ganddyn nhw ddau gar, felly mi oedd yna siawns bod un ohonyn nhw ddim yna, meddyliais. Y wraig wedi mynd i'r gwaith, gobeithio! Oedd hi'n gweithio? 'Ta wedi ymddeol? Nath Ywain ddim sôn a pham wnes i'm gofyn?

'Martha! Dwisho toilet!' Elffi, dim Ywain. O pam na fysan ni wedi ffonio nhw cyn dod?

Erbyn i mi lusgo fy hun allan o'r car, yn meddwl bysa diflastod caffi Cricieth efo Daf yn well na hyn, mi oedd y ddau arall wrth y drws ffrynt ac Elffi wedi canu'r gloch fwy nag unwaith. Grêt! Gwylltia nhw cyn i ni hyd yn oed fynd mewn, Elffi bach!

Ffeindish i egni o rywle i ymuno â nhw i rwystro rhagor ohoni'n hitio'r gloch swnllyd ac mi agorwyd y drws melyn. Yno, yn wên gynnes groesawgar oedd Denise, wel, o'n i'n cymryd mai hi oedd hi. Dynes dal ddu yn ei chwedegau cynnar efallai, yn gwisgo dyngarîs yn baent i gyd – pob lliw o'r enfys. Os oedd y canu cloch tragwyddol wedi mynd ar ei nerfau, doedd hi ddim am ddangos hynny.

'Helô,' meddai, y wên hyfryd yn tawelu ychydig ar fy nerfau. Mi o'n i wedi cnesu at hon yn barod. Gwenais yn ôl arni a gadael i Ywain gymryd yr awenau.

'Haia Denise, dwn i'm os wyt ti'n fy nghofio i? Ywain, o'n i'n arfer bod yn ffrindiau efo Rhys – wel, dal yn ffrindiau ond *lost touch* a bit.'

Heb oedi taflodd y ddynes yn y dyngarîs ei breichiau o amgylch Ywain.

'Owain – yndw, siŵr. Dewch mewn. Dewch mewn.' Ac i mewn â ni efo Ywain yn gwingo ychydig wrth glywed yr Owain.

'Elffi dw i, a fyswn i'n hoffi defnyddio eich toilet os gwelwch yn dda.'

Chwarddodd Denise wrth gau'r drws ar y tri oedd wedi tarfu mor ddirybudd ar ei bore Mercher a'n harwain ni ar hyd y cyntedd gyda'r llawr teils coch. Yn sydyn gwaeddodd nes bod ei llais yn llenwi'r tŷ,

'Rhys! Rhys! Rhywun i dy weld di!' Yna, troiodd ata i. 'Ddaw e nawr,' ac at Elffi, 'Dere, gyda fi, Wonder Woman.'

Gwirionodd Elffi fod y ddynes yma yn nabod ei harcharwyr. Mi o'n innau hefyd ond dyna ni!

Edrychodd Denise arna i a rhoi winc fach sydyn a gymres i mai arwydd oedd hynny ei bod am ddiddanu Wonder Woman am ychydig er mwyn i ni gael llonydd efo Rhys. Roedd hi fel tasa hi'n gwybod yn iawn *pam* oeddan ni yna, fel tasa hi'n gweld reit i mewn i fy enaid i. O'n i wedi fy swyno'n llwyr gan y ddynes yma – ac efo'i thŷ – ar ôl eiliadau yn ei chwmni hi!

O'r olwg gyntaf doedd dim tŷ allai fod yn fwy gwahanol i dŷ Ywain yn Llundain na hwn. Welis i 'rioed gymaint o luniau: lluniau cyfoes lliwgar, lluniau hŷn wedi'u hetifeddu, tirweddau, portreadau, lluniau gan bob math o artistiaid a'r rheiny wedi eu gosod ar y waliau yn hollol ddi-drefn, ac roedd lliw gwahanol i bob un o'r waliau hynny. Buasai rhywun yn meddwl y byddai'r holl gowdel yn gneud fy mhen gwin i'n waeth ond mi o'n i'n meddwi'n braf ar yr holl liw. A doedd dim golwg o fotwm na *app* i agor cyrtens, i roi'r golau mlaen nac i baratoi bwyd yn fama. Pobl oedd yn defnyddio eu dwylo oedd rhain!

'Omb, *clutter land*, 'ta be?' sibrydodd Ywain wrth i ni'n dau sefyll yn reit chwithig yn y cyntedd, ddim yn siŵr oeddan ni fod i aros yn fanno yntau mynd i mewn i'r stafell fyw. Symudais yn nes at Ywain oedd yn busnesu drwy'r drws agored a gweld ystafell liwgar arall, yn llawn hen gelfi oedd ar hanner eu sandio neu eu paentio – yn gweiddi am gael chwythiad o fywyd newydd. Mi o'n i'n teimlo'n dipyn mwy cartrefol yn fama nag ym myd James Bond Ywain ond wrth gwrs cytuno 'nes i gan fod hynny'n haws. 'Ia, 'de.' A damio'n hun mod i'n gneud hyn bob tro yn hytrach na magu bach o hyder i ddeud 'na, dwi'n meddwl bod o'n ffabiwlys!'

Wrth imi gega'n dawel i mi fy hun, mi ymlwybrodd rhyw

ddyn tuag atom, wedi dod o gyfeiriad yr ardd gefn, dwi'n meddwl. Doedd hwn ddim cweit mor ffabiwlys, cradur. Dim hwn oedd Rhys, siawns? Y *cocky arrogant pretentious know it all?* Mewn llais bach prin yn fwy nag anadl mi ddywedodd,

'Helô?'

'Rhys?! *Wow, I know it's been a while* ond–'

Tynnodd y dyn 'ma ei sbectol gam a'i rhoi nôl mlaen er mwyn edrych ar yr ymwelydd yn y cyntedd.

'Ow... Owain!'

'Wel, *Y*wain, ia. Iawn? Sut wyt ti ers oes Abba?'

Cymrodd Rhys anadl ddofn cyn ateb, 'Olréit, ie.' A llusgodd heibio i ni'n dau i'r stafell fyw a glanio'i ben ôl ar gadair oedd 'di gweld dyddiau gwell ac oedd yn amlwg yn gartref cyfarwydd i'w ben ôl. Dilynodd Ywain a minnau fo i mewn heb wahoddiad a ffeindio cartref i'n penolau ninnau.

Heb fod yn gas, doedd y Rhys yma yn ddim byd tebyg i'r hyn o'n i wedi ei ddychmygu. Mi oedd wedi dechrau colli ei wallt, wel, bron â gorffen colli ei wallt ond bod 'na rhyw gudyn neu ddau yn trio gneud gwaith mwy. Ond mi oedd ganddo ormod o wallt yn tyfu o bob man arall a dwi'n amau bod hanner ei frecwast yn dal yn llwydo'n araf bach yn ei farf gwyllt. Mi oedd o'n gwisgo crys *Hawaiian* oedd yn rhy fach iddo ac mi oedd y bylchau amlwg rhwng y botymau yn dangos i bawb nad oedd yn gwisgo unrhyw beth oddi tano. Mwy o wallt yn trio dianc o fanno. Mi oedd o'n fy nharo i bod crys *Hawaiian* glas a melyn yn ddewis rhyfedd i'w wisgo ar fore Mercher ym mis Hydref. O'n i'n amau mai Denise oedd wedi dewis ei grys iddo, a'i siorts, ei sanau a'r *sliders*. O ddewis, dwi'n siŵr fysa fo yn ei byjamas o fore tan nos.

'Wel, 'ta, Rhys boi? Be ti 'di bod yn neud efo ti dy hun dros y blynyddoedd 'ma?'

Ochenaid drom arall, 'Dim lot.'

Edrychodd Ywain draw ata i a'i lygaid yn awgrymu bod 'na waith am fod efo hwn. Ar y pryd mi o'n i'n hanner balansio un foch ar un o'r cadeiriau. Do'n i ddim yn siŵr a oedd hi'n brosiect adnewyddu ai peidio felly do'n i ddim isho'i thorri hi!

'Iawn i chi, bethe ifanc.'

"Chydig flynyddoedd yn iau ydw i!' Ond ychwanegodd Ywain dan ei wynt, *'looks more, I know.'*

Heb edrych yn iawn ar Ywain gofynnodd Rhys,

'Dal i witho?'

'Yndw, yr un ysbyty yn Llundain.'

'Lwcus. Ges i'r *heave ho* cwpwl o flynydde'n ôl nawr. "Ddim yn rhan o weledigaeth newydd y cwmni".'

'*Ah*, sorri, boi. Efo cwmni arall rŵan? Ti'n nabod digon yn y busnes, siawns. *Networking* ydi bob dim dyddia yma, ia?'

'*Network* fi 'di bod mas o signal ers mishoedd, ma rhaid. Sneb yn ateb. *Old news* nawr.'

Cradur. Mi oedd yn amlwg bod colli ei waith wedi cael effaith arno ond doedd gen i ddim geiriau o gysur nac anogaeth i'w cynnig gan fod un o fy nghoesau wedi dechrau crynu wrth drio dal fy mhwysau wrth hanner eistedd ar y gadair. Ro'n i 'di colli gormod o wersi ioga a heb fod yn nofio ers misoedd a doedd gen i'm cryfder o gwbl! Drish i ddal llygaid Ywain i'w annog i gynnig gair o gyngor i'w ffrind oedd yn amlwg yn stryglo, ond doedd gan hwnnw fawr o fynadd.

'Wel – o leia ti'n cael amser i ti dy hun, 'wan. Chdi a Denise.'

'Odw. Trueni.'

Benderfynish i drio helpu rhywfaint er bod y gwaed 'di stopio mynd i fy nhroed erbyn hyn.

'Mae'n amlwg bo gynnoch chi lygaid da. I ail-neud y celfi 'ma fel hyn. Maen nhw'n grêt ac yn eich cadw chi'n brysur, dwi'n siŵr.'

'*Mess* Denise. Ma'i 'di gwerthu'r caffi a dechre'r nonsens 'ma. Alla i'm troi yn y tŷ heb mod i'n rhoi'n llaw mewn pot paent neu'n sefyll ar hoelen.'

O'n i'n gallu teimlo llygaid Ywain arna i rŵan. Doedd o'n amlwg ddim isho bod yma eiliad yn hirach nag oedd rhaid. Mi oedd o isho i mi adrodd fy stori'n sydyn ond do'n i ddim cweit yn barod i neud diwrnod y dyn yma'n waeth.

'Ma siŵr bod y plant yn eich cadw chi'n brysur.' Ddim y peth callaf i'w ddeud, dwi'n gwbod. Wrth gwrs fysa plant dyn fel hwn ddim yn blant bach bellach ond roedd y wybodaeth ges i gan Ywain yn dila a deud y lleiaf.

'Dyw'r ddou ond yn dod draw pan ma'n nhw moyn rhwbeth. Rhodri yn Llunden a mond yn dod gytre pan ma'u "bywyd bishi nhw" yn gadel nhw. A Gruff yn Gaerdydd ond wi'n gweld llai fyth ohono fe.'

'*Oh*, Rhodri a Gruff, ia,' meddai Ywain yn cofio yn sydyn. 'Diawliaid bach o'ddan nhw, os dwi'n cofio 'fyd.'

Wnaeth Rhys ddim anghytuno.

'Wel? Ti'm am ofyn pam bo ni yma, 'ta?' mentrodd Ywain o'r diwedd.

'Dod i weld hen ffrind yn ei awr dywyll, ie, Ows?' atebodd Rhys heb godi ei ben i edrych ar ei ffrind.

'Wel, ia, hynny hefyd, ond… ti ddim isho gwybod pwy ydi hon? Y ferch ddiarth 'ma sy'n ista yn dy stafall fyw di?'

Am y tro cyntaf ers i mi gerdded mewn i'w dŷ, edrychodd Rhys arna i cyn troi ei ben yn ôl i syllu ar beth bynnag oedd yn mynnu ei sylw ar y llawr.

'Gymres i taw hi o'dd dy wejen newydd di.'

Gwnaeth Ywain rhyw sŵn fel petai wedi tagu ar ei ddiod, er nad oedd ganddo ddim diod.

'*Oh, dear god*, Rhys! Dwi'n *gay*!'

'Pobl yn newid, nagy'n nhw?'

'Wel, dydi'r dyn yma ddim! Ddes i allan o'r *V* efo fy llygaid 'di cau! *And I couldn't face those breasts even if it meant I starved!* A dwi'n dal yr un peth, boi!'

'Wel, shwt wy fod i wbod, ma pawb yn bopeth dyddie 'ma!'

'Idiot! Ti heb newid, ma hynny'n saff!'

'OK, OK,' meddwn innau'n sydyn, gan esgus chwerthin i dorri'r tensiwn.

'Na, dwi ddim *efo* Ywain yn y ffor yna, 'lly... Martha dw i. Dwi'n ferch i Breian a Sian. Roberts? Dwi'n meddwl eich bod chi yn coleg efo Dad? Breian? Dach chi'n cofio eu helpu nhw flynyddoedd nôl? Wel... 32 o flynyddoedd nôl i fod yn fanwl.'

Mi gymrodd hi dipyn hirach na'r disgwyl i'r geiniog ddisgyn.

'O? O. Ooooo!' Mi ddisgynnodd yn y diwedd.

'Haleliwia!' ochneidiodd Ywain ac yn sydyn daeth ton o banic â rhyw egni i lygaid Rhys.

'Ows, all hi ddim bod fan hyn, allwch *chi* ddim. Smo Den yn gwbod. Bydd rhaid i chi fynd. Glou! Ewch plis. Ac os taw isie arian 'yt ti, sdim pwynt gofyn achos sdim i ga'l!'

'*Oh*, cymra *chill pill*, Rhys bach. Does neb isho dy ffortiwn di. 'Nawn ni'm deud dim byd wrth Den. Mae Martha jest isho... wel, isho dy weld di. A... wel, be tisho neud, Martha? Rŵan bo ti wedi gweld Rhys? Tisho rhwbath i brofi DNA? Gwallt neu rwbath?'

'Dal mlân am funed!'

'Ah, ia, sgen ti'm lot o hwnnw.'

Unwaith eto doeddwn i ddim wedi meddwl yn iawn... o gwbl! Be o'n i isio? O'n i wir isio rhwbath gan y ddau yma i brofi pa un oedd fy nhad beiolegol pan oedd gen i dad perffaith yn eistedd yn ei gamper-fan yn hapus braf yn St Ives? Be ddiawl o'n i'n neud yma?

'Martha? Be tisio neud? Martha?'

'Dwi'm yn gwbod, Ywain! Dwi'm yn blydi gwbod!' Er mod i ond yn nabod Ywain ers dau ddiwrnod mi oedd yn teimlo dipyn hirach ac mi edrychodd arna i efo'i lygaid mawr brown a gwenu.

'Mae'n OK. Ty'd, awn ni, ia?'

Ia, dyna o'n i isio. Er gymaint o'n i'n teimlo'n gartrefol yn y tŷ hyfryd yma, mi o'n i isio mynd y funud yna! O'n i 'di ypsetio'r dyn 'ma ac ella fyswn i'n achos difôrs petawn i'n aros eiliad yn hirach. Ac i be? Do'n i ddim hyd yn oed yn gwybod o'n i isio'r gwir! A beth bynnag, o'n i wedi colli pob teimlad yn fy nghoes dde erbyn hyn.

Drish i godi ac ar hynny glaniodd Wonder Woman i'n canol.

'Dad! Martha! Mae Denise yn anhygoel! Edrychwch ar y llun mae hi newydd beintio ohona fi? Mae o'n fwy tebyg i fi na fi, dydi? Dydi, Dad?'

Gwenodd Ywain eto a gafael yn dynn yn ei ferch gan adleisio'r 'anhygoel'.

Mi oedd Denise yn ei hôl hefyd ac mi oedd popeth yn teimlo ychydig yn well. Edrychais arni'n sefyll uwchben ei gŵr a'i llaw yn mwytho ei ben yn ysgafn. Fyswn i byth yn rhoi'r ddau yma efo'i gilydd. Mi fysa Daf yn deud ei fod o'n bendant yn *punching*. Roedd ei hegni positif hi mor heintus ac roedd ei egni fo, wel, yn fflatnar. Ond ella 'i fod o'n arfer bod fel ei wraig hefyd, cyn i fywyd gau drws yn ei wyneb o.

Diolchodd Ywain am y croeso ac eglurodd y byddai'n well i ni fynd gan fod rhwbath wedi codi. Doedd clywed hyn ddim yn plesio Denise a ffwrdd â hi i'r gegin i neud paned a rhwbath bach i fwyta. Doedd neb yn dod i'w chartref hi heb gael panad, mae'n debyg. Aeth Elffi yn syth ar ei hôl gan daflu golwg nôl ar Ywain a finnau i fynegi ei anhapusrwydd hithau bod sôn am adael mor fuan.

Manteisiodd Ywain ar y cyfle i holi ychydig ar Rhys am Huw ond doedd Rhys ddim wedi cadw mewn cysylltiad efo Huw chwaith

'Wi'n cymryd fod e'n dal ochre Caerfyrddin. Aeth e'n ôl i ffarmo ar ôl ffaelu ca'l gwaith lawr man hyn ar ôl coleg, wi'n credu, ond golles i gysylltiad wedyn. O'n i'n mor fishi. Adeg 'nny... pan o'n i'n gwitho... wi ddim yn fishi nawr... wi'n neud dim byd...o'dd Huw yn oréit... ddylen i 'di cadw cysylltiad.'

Gwaedd gan Denise o'r gegin yn cyhoeddi bod cinio yn barod i dorri ar draws yr hunandosturi a ffwrdd â ni'n tri i'r gegin er bod Rhys yn protestio y bysa'n well ganddo fyta lle roedd o.

Er mod i ddim isio gweld bwyd ar ôl claddu'r brecwast bore 'ma, mi wnes i fwynhau yr ychydig oriau yng nghwmni Denise, yn clywed hanes Caerdydd yn yr wythdegau, ei brwydr i agor caffi yn y bae cyn i'r bae fod Y Bae a'i diléit amlwg ym myd celf a'r diddordeb newydd yma oedd ganddi yn ail-wneud y celfi. 'Hobi,' yn ôl Denise, ond busnes yn ôl Rhys, ac mi oedd yn braf gweld ochr arall i Rhys am ychydig a'i falchder tawel yn llwyddiant diweddar Denise ar Etsy. Yn ystod yr hel atgofion mi oedd Rhys wedi cael rhyw egni o rywle ac yn mwynhau dadlau efo'i wraig am ddyddiadau a digwyddiadau. Ar un adeg dwi'n siŵr bod gan y ddau yma berthynas danllyd iawn.

Rhywle, rhwng hanes un mab yn cael swydd efo cyngor Caerdydd ac acen Cocni Cymraeg yr wyrion yn Llundain, mi ganodd ffôn Elffi. Cipiodd Ywain y ffôn oddi wrthi a'i roi yn ei bocad.

'Dad!' protestiodd hithau. 'O'n i ddim yn mynd i ateb!'

'Plant yn styc i'w ffôns. Dwi'n dweud wrth Rhodri bob dydd bod isio rhoi llyfre a phapur a phaent i'r plant nid yr holl dechnoleg 'ma. Dwi'n dweud bob dydd, dydw, Rhys?'

'Wyt! Beth ma plant isie 'da blydi papur a phaent, gwed?'

'Peintio!'

Roedd Elffi wedi mynd yn nes at ei thad erbyn hyn i ofyn yn dawel am ei ffôn yn ôl a mynnu nad oedd am ei ateb ond 'na' pendant oedd yr ymateb.

'Licet ti neud bach o beintio, Elffi?'

Cyn iddi fentro ateb mi oedd Ywain wedi cyhoeddi i bawb ei bod hi wir yn amser i ni fynd os oeddan ni am ffeindio'r fferm yma cyn iddi dwllu. Doedd o ddim yn or-hoff o anifeiliaid, meddai fo, a fysa'n well ganddo gyrraedd yng ngolau dydd pan fyddai'n gallu gweld be bynnag oedd yn crwydro ar bedair coes.

'Gawn ni baent i chdi o rywle a gei di neud llun i Dad heno, ia, cariad?'

Gwenodd Elffi. Mi oedd hyn yn plesio am y tro. Wrth i ni ddiolch a gweithio'n ffordd at y drws, gwthiodd Rhys ei hun at Ywain a sibrwd,

'Ga'i ddod 'da chi?'

Roedd y cwestiwn mor annisgwyl doedd gan Ywain ddim amser i feddwl am esgus.

'Ti'n gwbod bod e'n neud synnwyr, wi'n nabod yr ardal yn well na ti. Wi'n gwbod ble ma'r ffarm. Dyw e ddim yn bell o le dyfes i lan. Ddo'i 'da chi.'

'O, car bach sgen i – ti'm isio gwasgu mewn i hwnna i fynd i ganol *cowshit* a Duw a ŵyr be arall, siŵr!'

'Grynda, fydde rhwbeth yn well nag edrych ar y beder wal 'ma a'r rheiny'n newid lliw bob blydi dydd.'

Ochneidiodd Ywain ac edrych tuag ata i am achubiaeth ond doedd gen i ddim byd i'w gynnig.

'Ella fysa fo'n help os ydi o'n gwbod lle i fynd?' cynigais.

Dim be oedd Ywain isio ei glywed ond yn gyndyn iawn mi gytunodd.

'Ond fydd rhaid iddo fynd i newid gynta. Ti'm yn mynd allan fel yna *in public*!'

Heb brotestio o gwbl rhedodd Rhys i fyny'r grisiau i newid ac roedd hyd yn oed Elffi yn gegagored wrth weld y gwahaniaeth yn y ffordd roedd o'n symud.

'Ydi o'n iawn?' gofynnodd Elffi wrth i mi glywed ffôn arall yn canu – fy un i. Dafydd eto ond mi benderfynais i ateb y tro hwn. Symudais ychydig i ffwrdd oddi wrth y ddau arall i mi gael bach o lonydd cyn ateb –

'Haia. Sorri fethish i dy alwad di gynna a dwi'm 'di ca'l cyfla i ffonio chdi'n ôl. Ti'n iawn?... Ti'n lle?... Llundain? Ond... ond dwi'n Gaerdydd!'

Mae'n debyg, ar ôl coelio yn y diwedd mod i wedi mynd i Lundain, bod Dafydd wedi penderfynu y bysa'n well iddo fynd ar fy ôl. I be, dwn i'm. I ddod â fi adra, 'ta i ddod efo fi yn gwmni, ond doedd dim angen iddo ddod! 'Nes i'm gofyn iddo fo a rŵan mi oedd o'n fy meio i ei fod o'n gorfod talu am westy iddo fo'i hun yn Llundain.

'Bob dim yn iawn?' holodd Ywain wrth i mi diffodd fy ffôn yn llwyr.

'O yndi, arbed batri. Barod i fynd?' Erbyn hyn mi oedd Rhys yn sefyll tu ôl i Ywain yn gwisgo pâr o jîns du a chrys

T Anhrefn – un yn syth o'r wythdegau, dybiwn i, wrth y marciau chwys oedd arno. Gwenais ar y ddau a thrio anghofio am y diawlio oedd yn digwydd rhyw gant a hanner o filltiroedd i ffwrdd.

'Bach o *change of plan* arall,' meddai Ywain a phwy oedd yn dod lawr y grisiau efo blanced fawr gynnes a bag mawr gorlawn ar ei chefn ond Denise. Hithau erbyn hyn wedi newid o'r dyngarîs llawn paent i ddyngarîs glân melyn golau.

'Dwi wrth fy modd gyda *road trips!*'

Dwi'n siŵr bod Elffi a fi wedi darllen meddyliau ein gilydd achos mi wnaeth y ddwy ohonon ni droi at Ywain a gofyn efo'n llygaid '*sut ddiawl 'dan ni gyd am ffitio yn y car bach stiwpid yna?*' Ocê ma'n siŵr mai dim ond fi ychwanegodd y 'stiwpid' ond mi oedd y diwrnod yma yn dechra cael y gora arna i.

'Dowch, *dear God.* Martha ac Elffi – ewch chi i'r cefn, does 'na fawr ddim byd ohonoch chi a –' roedd rhaid i Ywain stopio'i hun yn fama ac asesu'r sefyllfa. Mi oedd Rhys yn bendant yn cario ôl blynyddoedd o fwynhad rownd ei stumog ond wedyn mi oedd Denise yn dalach na nhw i gyd a beryg y bysa ei phengliniau yn ei thrwyn yng nghefn yr Audi bach.

Penderfynodd Ywain beidio â gorffen y frawddeg a chychwyn am y car gan adael y benbleth yna i'r gŵr a'r wraig ei datrys eu hunain. Ar ôl i bawb straffaglu drwy'r drws – ac i Denise redeg nôl deirgwaith wedi anghofio rhwbath – mi oedd y pump ohonom yn sefyll ar y dreif yn yr Eglwys Newydd, Caerdydd am chwarter wedi tri pnawn Mercher yn barod am ein hantur annisgwyl. Ond... doedd rhwbath ddim yn teimlo'n iawn rhywsut a do'n i ddim yn medru gweithio allan be.

'Dad,' meddai Elffi, yn crychu ei thrwyn bach, 'lle mae'r car 'di mynd?'

A dyna fo, mi o'n i wedi cael digon!

'O, ffor ff★★!'

'Jini Mê! Jini Mê Martha! Dyna 'dan ni'n ddeud yn tŷ ni. Jini Mê Jones!'

Dwn i'm pwy ddiawl oedd Jini Mê na be oedd ganddi i neud efo'r peth ond yn amlwg fysa 'na ddim *road trip* heddiw heb ffwcin car. Jini Mê neu beidio!

RŴAN

CAR HEDDLU

Mae Martha'n gwybod nad oes modd gadael y car heddlu hyd yn oed petai hi'n trio. Dydi hi ddim mewn cyffion ond mae hi wedi gwylio digon o raglenni i wybod bod y drws wedi cloi a dim ffordd iddi allu ei agor o'r cefn. Dydi hi ddim wedi bod mewn car heddlu tan heddiw a dydi hi ddim eisiau bod mewn un eto. Yr aroglau sydd waethaf. Cymysgedd o alcohol stêl a blynyddoedd o chwys. Yn y cefn mae'r aroglau chwys ond o'r tu blaen mae'r aroglau alcohol yn dod.

Dydi PC Teresa Evans ddim am adael i'w noson hwyr amharu ar ei gallu i yrru rownd bob cornel yn gyflymach na'r hyn sy'n gall, er bod PC Gareth Williams a'r teithiwr yn y cefn yn cydio yn dynn yn handlenni'r drws. Mae PC Gareth Williams yn taro golwg ar y *speedometer* bob hyn a hyn ond dewis anwybyddu'r ddau mae ei bartner.

Yn sydyn, mae Martha'n teimlo'i hun yn cael ei thaflu ymlaen nes bod ei phen yn taro'r sgrin yn galed.

'Dach chi'n iawn yn fanna?' gofynna PC Gareth Williams yn bryderus. 'Teresa ddim yn cofio bo chi yna, ma'n siŵr. A chitha mor dawel.' Mae'n chwerthin i geisio ysgafnhau'r sefyllfa, sef bod ei bartner newydd arafu o hanner can milltir yr awr i stopio'n stond yn gwbl ddirybudd.

Er bod ei phen yn powndian ar ôl y gnoc, dewis peidio dweud dim mae Martha gan bwyso yn ôl yn y sêt yn ddi-ffys.

'Dwisio pi,' meddai PC Teresa Evans gan neidio allan o'r car heb boeni dim am anaf ei chyd-deithiwr.

'Ond dwi 'di ffonio fo mewn! Chei di ddim! Ma'n rhaid ni fynd yn syth i'r stesion. Ti'n gwbod y rheol–' Ond cyn iddo orffen ei frawddeg mae'i bartner yn cau'r drws yn glep ac yn anelu at ddrws ffrynt y caffi sy o fewn hyd braich i'r lle mae hi wedi parcio.

Er i Gareth agor y ffenest a gweiddi er ei hôl, 'Ty'd â *cappucino* i fi, 'ta!' cario mlaen i gerdded mae Teresa.

Ar ôl mwmian rhywbeth nad ydi o'i hun yn ddeall, mae'r plismon ifanc yn dal llygaid Martha yn y drych.

'Sorri... allwn ni ddim cynnig dim byd i chi. Deud gwir, dydan ni ddim i fod i gael dim byd i ninna chwaith,' chwerthodd eto yn nerfus. Mae Gareth yn methu edrych yn hir iawn ar Martha yn y drych gan ei bod hi'n codi ofn arno. Ers iddo gael y ddelwedd ohoni mewn ffilm arswyd Siapaneaidd yn ei ben, mae o'n methu cael gwared arni. Dydi'r ffaith nad ydi hi'n siarad gair ddim yn helpu. Mae'n dechrau sibrwd yn dawel 'dim ond ffilm o'dd hi, dim ond ffilm o'dd hi' drosodd a throsodd cyn canu 'Paid â Bod Ofn' gan Eden yn ei ben. Dyma sy'n ei helpu fel arfer mewn sefyllfaoedd peryglus.

'Dach chi 'di bod yn y caffi 'ma? Ma Teresa a fi'n dod bob bore tua hannar awr 'di deg. Gneud *caramel shortcakes* neis yma. Ond dwi'n trio peidio byta gormod ohonyn nhw – *double time* yn y *gym* wedyn.'

Dydi o ddim yn edrych ar Martha o gwbl erbyn hyn a dydi o ddim wir yn disgwyl iddi ei ateb chwaith ond mae'n penderfynu cario mlaen i siarad gan fod hynny yn ei ddychryn ychydig llai na'r tawelwch.

Teimla Martha fel stwffio *caramel shortcake* i geg PC Gareth Williams nes ei fod o'n tagu.

Ond dydi hi ddim. Dim ond eistedd yno yn dawel.

'Well fi droi hwn fyny, sorri, rhag ofn i ni golli rhywbeth pwysig.'

Mae'r PC yn codi'r sain ar radio'r car ond yr oll sydd i'w glywed ydi sŵn craclo mawr gydag ambell air yn dod drwodd ond does dim posib deall dim. Rhwng siarad di-baid Gareth a'r sŵn ar y radio, mae Martha yn cael ei themtio i dorri ffenest y car a rhedeg fel Forrest Gump nes ei bod hi filltiroedd pell i ffwrdd o'r car drewllyd.

Ers iddi ddod i mewn i'r car mae Martha wedi bod yn cael fflachiadau am neithiwr ond all hi ddim gwneud synnwyr o'r un ohonyn nhw a phob tro mae hi'n cau ei llygaid i drio plethu popeth at ei gilydd, yr unig beth mae'n weld ydi'r gyllell a'r gwaed ac mae'n rhaid iddi eu hagor eto.

Wrth i PC Teresa Evans adael y caffi, mae Gareth yn sylwi ei bod hi'n cario cwpan mewn un llaw a phecyn brown yn ei llaw arall.

'Blydi hel,' meddai Gareth, wrth iddi agor y drws

'Sorri, dim llaw sbâr gen i. *Bacon bap. Lysh!*'

Mwy o arogleuon i ychwanegu at y gymysgedd afiach. Mae'n rhaid bod Gareth hefyd yn meddwl ei fod o'n un oglau yn ormod ac mae'n estyn potel o'i fag a'i chwistrellu mewn cylch deirgwaith er gwaetha cwynion Teresa.

Mae'n bosibl bod cynnwys y botel yn arogli'n ddymunol ar Gareth ond dydi o'n helpu dim ar aroma cyffredinol y car heddlu.

'Gareth! Be dwi 'di ddeud am sbreio hwnna yn 'y nghar i?'

'Car gwaith ydi hwn! A ma'r *bacon bap* 'na yn drewi'n waeth!'

Mae Teresa'n stwffio mwy i'w cheg a gwneud ati efo synau mwynhau mawr yng ngwyneb Gareth cyn sylwi bod y radio rhy uchel o lawer i'w phen hi heddiw a mynd i droi y sain i lawr yn syth.

'Aros!' Mae Gareth yn gwthio ei braich o'r ffordd. Dydi hwn mo'r diwrnod i'w chroesi hi, meddylia Teresa, 'Be ddiawl!'

'Shwsh. Gwranda...'

Drwy'r sŵn cracio uchel mae ambell air yn fwy clir. 'Digwyddiad... corff... dyn... traeth.'

'O ffwj,' meddai Teresa, ei cheg yn llawn *bacon bap* a sôs coch yn driblan lawr ei gên.

Ceisia Gareth daro golwg sydyn yn y drych i weld a ydi Martha wedi clywed y neges ar y radio ond yr oll mae'n weld ydi'r gwallt hir, syth ac wyneb y ferch yn *The Ring* yn syllu'n ôl.

'Well ni fynd, ia?' meddai wrth ei bartner sydd wrthi'n sychu sôs coch oddi ar ei throwsus.

Cychwynna Teresa y car ac mae'n treulio'r holl amser i'r orsaf yn mynnu nad ydyn nhw ddim am gael eu tynnu mewn i'r helynt yma, achos mae hi'n mynd adra'n gynnar heddiw, ond mae PC Gareth Williams, yn dawel bach, wedi cyffroi drwyddo ers clywed y neges ar y radio. Dyma ei foment fawr efallai.

A'r ferch yn y drych?

Yndi, mae Martha wedi clywed y geiriau ar y radio. Yn glir fel cloch.

CYNT

CAR ARALL

M_{I OEDD RHWBATH} yn mynd ymlaen. Yn bendant. Dros
y dau ddiwrnod dwytha mi oedd Martha wedi sylwi ar
ambell edrychiad rhwng Ywain ac Elffi, yr holl alwadau ffôn
oedd Ywain yn eu hosgoi a rŵan roedd y car 'di diflannu. A
be oedd ryfedda, doedd yr un o'r ddau yn synnu llawer bod
yr Audi coch wedi diflannu fel rhyw dric Houdini chwaith.
Taswn i yn agor drws y tŷ a ffeindio bod y Clio bach wedi
mynd, mi fyswn i wedi dychryn am fy mywyd a wedi ffonio
Dad yn syth! Dad... ffonio fo fyswn i'n neud bob tro, dim ots
be oedd wedi digwydd. O'n i'n cofio rhywun yn torri ffenest
fy nghar pan o'n i ym Manceinion unwaith a ffonio Dad o'dd
y peth cyntaf wnes i. Be ddiawl o'n i'n disgwyl iddo neud ac
yntau bron i gant a hanner o filltiroedd i ffwrdd, dwn i'm, ond
o'dd rhaid i mi ffonio Dad. Roedd cofio hynny yn gneud i mi
deimlo'n euog eto am be o'n i'n neud. Roedd gen i dad felly
pam ddiawl o'n i'n gneud hyn? Ond mi wnes i roi'r euogrwydd
mewn bocs bach a'i gadw am y tro.

Oedd Daf 'di gwylltio mod i heb ddeud wrtho mod i'n gadael
Llundain a mynd i Gaerdydd. Sut allwn i fod mor 'stiwpid a
naïf a di-ddallt' yn mynd efo dau ddyn diarth mewn car i Dduw
a ŵyr lle, 'i ga'l dy fwrdro, ma siŵr!' O'n i'n hoffi'r 'ma siŵr'

ganddo. Diffoddodd yr alwad, felly do'n i ddim yn gwybod os oedd o am fynd yn syth adra, dod i Gaerdydd, 'ta mynd ar *open top bus* o amgylch Llundain. Roedd ganddo *five-a-side* y noson honno felly adra fyddai o'n mynd fwy na thebyg. Fysa fo'm yn colli hwnnw.

Ddyliwn i fod 'di deud wrtho fo. Er bod 'na'm siâp mwrdro neb ar rhain. Ond mi ddyliwn i fod 'di deud. Ac erbyn hyn, dim ond deuddydd i mewn i'r trip boncyrs yma, mi o'n i'n gwybod pam wnes i ddim. Ond rois i'r teimladau hynny mewn bocs bach hefyd, yr un nesa i'r llall.

O flaen y tŷ efo drws melyn, mi oedd y pump ohonom yn dal ar y dreif yn edrych ar y gwagle lle bu yna gar bach coch, a doedd neb yn siŵr iawn be i ddeud. Mi aeth Ywain i ffonio rhywun tra bod Wonder Woman, druan, wedi colli ei phwerau am ychydig ac yn eistedd ar y stepan drws yn cicio cerrig mân nes bod ei sgidiau bach coch yn llwch i gyd. O fewn dim mi oedd Ywain yn ei ôl yn gaddo bod bob dim yn *sorted*, ac i beidio poeni o gwbl ond wnaeth o'm cynnig unrhyw esboniad na gwybodaeth bellach. Be rŵan, 'ta? Mi o'n innau wedi ffeindio'r cerrig mân o ddiddordeb er mwyn osgoi'r sefyllfa annifyr, achos mi oedd y car mawr glas o'n i wedi sylwi arno wrth gyrraedd bore 'ma yn eistedd yn ddel ar y dreif ac wedi dal sylw Ywain.

Doedd Ywain ddim yn gweld y sefyllfa yn annifyr o gwbl ac oedodd o'm eiliad cyn gofyn i Denise a Rhys a fysan ni i gyd yn cael mynd yn eu Astra nhw. Deud gwir mi oedd yn well i bawb bod y car bach coch ar goll, yn ôl Ywain, achos mi oedd mwy o le yn hwn i bawb. Perffaith. Mi oedd y gweddill ohonom yr un mor ar goll â'r car coch ond fentrodd neb holi ymhellach.

Wedi ychydig o ddadlau dros bwy fysa'n dreifio, mi

gytunodd Rhys a Denise i ni i gyd fynd yn eu car nhw, efo Rhys yn dreifio, gan ei fod o'n nabod ardal Caerfyrddin a Denise yn y cefn. Mi oeddan nhw'n ffraeo gormod pan oedd Rhys yn dreifio, meddai hi, ac roedd yn saffach i'r ddau ohonyn nhw tasa hi'n y cefn. Neidiodd Wonder Woman nôl ar ei thraed wedi cyffroi bod y daith am barhau. Fysa rhywun yn meddwl ei bod hi'n mynd i Disneyland yn hytrach na chael ei llusgo o amgylch Cymru ar ryw helfa dadol. Ges i eiliad o banic wrth feddwl bod Elffi, druan, yn mynd i fod yn siomedig i weld bod 'na ddim byd ar ddiwedd y daith mond llanast, beryg, ond oedd hi'n rhy hwyr mi neud dim am y peth.

Mi oedd y car glas dipyn brafiach na'r Audi bach er fyswn i'm 'di cyfadda hynny wrth Ywain, oedd wedi bod yn troi ei drwyn ar y llanast yn y car ac wedi mynnu bod Rhys yn nôl weips i'r cadeiriau cyn cychwyn. Awr o ffraeo oedd awr gyntaf y daith o Gaerdydd am Gaerfyrddin, ffraeo dros y gerddoriaeth, dros agor 'ta cau ffenestri, dros ba ffordd i fynd a pha garej i stopio ynddi am betrol. A doedd bod yn y sedd gefn ddim yn stopio Denise rhag ymuno yn y dadlau wedi'r cwbl ac mi oedd hi ac Ywain wedi ymfalchïo mai nhw oedd yn iawn pan aeth Rhys y ffordd anghywir rownd rhyw rowndabowt. Rowlio'n llygaid a gwenu ar ein gilydd wnaeth Elffi a fi, fel mai ni'n dwy oedd y rhieni a'r rhain oedd y plant. O'r diwedd, mi gafwyd rhyw bum munud o dawelwch wrth i Steve Eaves ddod ar y radio ac er bod Elffi wedi troi ei thrwyn, mi oedd hithau fel fi yn gwerthfawrogi'r tawelwch, felly cytuno i glywed 'Ymlaen Mae Canaan' wnaeth hi gan sibrwd yn fy nghlust,

'Pa mor bell ydi Caerfyrddin?'

Ddim mor bell â ma'r rhain 'di neud o, meddwn i wrthyf fy hun.

O'r diwedd, ar gyrion Caerfyrddin, mi gyrhaeddon ni'r garej, nid yr un oedd Rhys i fod i stopio ynddi, sef y rhataf, yn ôl ffrind Denise... ond dyna ni. Erbyn hyn mi oeddwn i eisiau rhwbath melys ac wedi bod yn ysu ers oes i estyn *pastry* o fy mag ond yn ofn gneud llanast yn y car.

Aeth Rhys yn syth at y pwmp petrol gan nodio ar Ywain i fynd i mewn i dalu ond protestiodd hwnnw bod angen iddo fynd ag Elffi i'r toiled,

'A'i â hi ond elli di ddod â tsioclet i fi plis,' medda fi'n cynnig helpu ond doedd hynny'n amlwg ddim yn plesio.

'Fyddwn ni'n iawn,' medda fi, gan feddwl bod Ywain yn or-warchodol o'i ferch eto. 'Mae gen i ugain o Elffis yn fy nosbarth bob dydd. Dwi'n meddwl fydda i'n iawn efo un!'

Ochneidiodd ac yn gyndyn aeth i mewn i dalu tra aeth Elffi a finnau i chwilio am y lle chwech. 'Fysa tsioclet tywyll yn well i chdi, Martha.'

'Diolch. Elffi,' atebais drwy fy nannedd.

Wedi meddwl, mi oedd un Elffi yn ddigon heddiw.

Pan ddaethon ni'n dwy yn ôl, mi lanion ni yng nghanol rhwbath tebyg i olygfa olaf pennod o opera sebon wael.

'*Ah, some things never change!* Owain *Owes Ya*, fuest ti erio'd.'

'*Oh*, cau hi! Dwi'n *consultant* yn un o'r *top London hospitals*, boi. Ti'n meddwl mod i methu fforddio petrol i'r *heap of junk* yma!'

Diolch byth mai dim ond ni oedd yno yn gynulleidfa, wel, dim ond fi, gan fod Elffi wedi dianc i mewn i'r car a Denise yn y siop. Mentrais gamu rhwng y ddau a gofyn y cwestiwn mwya twp.

'Bob dim yn iawn?'

'Nag yw!' gwaeddodd Rhys a'i wyneb yn goch.

'Yndi, siŵr, hwn sy'n gneud ei *classic* Rhys *dramatics*! Dwi 'di dod â chardyn sy'n *expired* dyna i gyd. *No* problem. 'Na'i ffonio'r banc i sortio fo.'

'Hy! Yr un hen stori! Dyna pam o't ti ishie ni ddod â'n car ni 'fyd? Sdim Audi i ga'l 'da ti o gwbl, o's e?'

'*Oh, shut up*! Wrth gwrs bod gen i Audi! Sut ddiawl ti'n meddwl ddes i draw bore 'ma? Gofyn i Martha!'

Cyn mi gael cyfle i ateb, diolch byth, mi ddaeth Denise yn ei hôl wedi talu'n dawel am y petrol a llond bag o ddanteithion ganddi i bawb.

'Reit, 'ta, nôl i'r car.'

Agorodd Rhys ei geg i brotestio ond sylwodd nad gofyn cwestiwn oedd ei wraig a mewn i'r car aeth pawb, er bod dau wedi cau eu drysau yn galetach na phawb arall, i ddangos mor flin oeddan nhw, fel tasan ni ddim 'di dallt hynny'n barod.

O'n i'n falch mai tawel iawn oedd yr hanner awr nesaf, heb gerddoriaeth na neb yn deud gair. Swatiodd Elffi yn agos ata i gan afael yn dynn yn y tedi melyn am weddill y daith a chodi ei phen i wenu arna i bob hyn a hyn fel 'tai'n ceisio fy narbwyllo bod Wonder Woman yn hollol iawn ac wedi hen arfer efo golygfeydd dramatig.

Yn yr hanner awr fach dawel yma, ar wahân i lais y Sat Nav oedd yn ein harwain ar lonydd bach diarth ardal Caerfyrddin, mi ges i amser i feddwl am y dyddiau dwytha ac mi oedd ambell beth yn dechrau gneud synnwyr i mi; y ffys diangen ddoe bod 'na ddim lle yn y gwesty drud yng Nghaerdydd, y car yn diflannu bore 'ma a rŵan y methu talu am betrol. Efallai bod Rhys yn iawn. Efallai bod gan y *top consultant* broblemau ariannol… ond eto, o gofio'r tŷ anhygoel yn Llundain, doedd hynny ddim yn gneud synnwyr chwaith. Do'n i ddim wedi sôn wrth neb ond mi o'n i hefyd wedi sylwi ar gar mawr du tu allan i'r gwesty wrth i ni adael a mi o'n i bron yn siŵr i mi ei weld o eto yn y garej. Mi o'n i'n cofio rhan o'r rhif, AE20… ond cyd-ddigwyddiad, mae'n siŵr. Roedd o'n hollol bosib eu bod nhw wedi aros yn yr un gwesty â ni ac wedi digwydd stopio am betrol yn yr un garej â ni ar yr un diwrnod. Mi o'n i'n amlwg wedi gwylio gormod o gyfresi ditectif ac mi benderfynais anghofio fy ngyrfa newydd yn yr FBI a chanolbwyntio ar baratoi yn well y tro yma at gwrdd â TBP3 – 'tad beiolegol posib' fel o'n i'n eu galw nhw rŵan.

*

Erbyn i ni gyrraedd fferm Cwm Gwyn mi oedd yr haul yn dechrau machlud. Roedd hi'n ymddangos nad oedd Rhys mor gyfarwydd â'r ardal yma ag yr oedd wedi honni a mi oedd y Sat Nav wedi ein gyrru i fferm arall oedd filltiroedd i'r cyfeiriad anghywir – fferm o'r enw Cwm Du oedd bellach yn 'Happy Place'. Esgus Rhys oedd ei fod yn lliw-ddall a do'n i'm yn siŵr ai ymgais i ysgafnhau'r hwyliau yn y car oedd deud hynny ond wnaeth o'm gweithio.

Wrth i ni droi i lawr y ffordd gul lawn tyllau oedd yn arwain at y fferm, mi wnaeth pawb fywiogi rhywfaint. Mi oedd Elffi yn meddwl ei bod hi'n hwyl fawr cael ei lluchio i fyny o'i sedd wrth i'r car fynd i mewn ac allan o'r tyllau, ac mi oedd hi'n meddwl bod gweld Rhys yn gwingo efo bob twll wrth boeni am ei *suspension* yn fwy doniol byth. Methu peidio chwerthin oedd Denise hefyd ond bod y chwerthin a symudiad y car yn beryg o achosi damwain i'w *suspension* hithau yn y sedd gefn tra oedd Ywain yn dechrau poeni go iawn am ddod i ffasiwn le yn ei sgidiau Christian Louboutin newydd. A finnau? Wel, mi o'n i'n falch i weld ehangder y lle. Ar ôl bod yn styc ar fws am oriau, yna ynghanol sŵn prysur Llundain a Chaerdydd ac wedyn mewn car efo'r rhain yn rhy hir o lawer, mi oeddwn i'n dechrau sylwi cymaint o'n i'n hiraethu am y wlad a fedrwn i ddim aros i fwynhau yr awyr iach.

Neidiais allan o'r car a chymryd fy anadl fawr gyntaf ond mi oeddwn i wedi anghofio wrth gwrs bod *awyr iach* ar fferm yn golygu aroglau iach a chryf iawn ac mi ddaeth rhywfaint o'r tsioclet nôl i fyny. Er hynny, mi oedd pawb yn falch o fod tu allan a'r pump ohonon ni'n amsugno'r olygfa (heb anadlu). Mi oeddan ni'n gallu gweld o'n cwmpas am filltiroedd ac roedd gwyrddni y caeau, yng ngolau llachar haul diwedd dydd, yn gneud iddyn nhw edrych fel tasan nhw'n ymestyn i'r môr. Am le oedd Cwm Gwyn! Dim rhyfedd bod Huw wedi gadael Caerdydd i ddod nôl i fama. Pwy fysa isio gadael ffasiwn le?

Wrth i mi ymgolli yn fy meddyliau am newid byd Huw ddechrau'r nawdegau, yn dewis dychwelyd i symlrwydd y wlad a'r anifeiliaid, mi glywais i'r sgrech fwyaf bathetig y tu ôl i mi a dyna lle'r oedd Ywain yn neidio fel petai ei draed ar dân.

'Argh! Ff… Jini Mê!! Gnewch rwbath, 'newch chi! Cer o'ma! Cer o'ma!'

'Dad, dim ond iâr ydi hi,' chwerthodd Elffi gan achub yr iâr fach rhag y dyn gwyllt 'ma.

'O'n i'n meddwl taw ofan pethe 'da *peder* co's, o't ti, Ows!'

Ac er mod i'n trio 'ngora i beidio, ymuno yn y côr o chwerthin wnes inna hefyd, yn ddiolchgar yng nghefn fy meddwl bod helynt y garej yn angof am sbel, ac wrth i mi drio helpu Ywain, sylwais ar rywun arall oedd wedi mwynhau'r sioe. Yn ffenest yr hen dŷ fferm mi oedd yna ddyn yn ei wythdegau yn cael modd i fyw yn gwylio'r pantomeim allan ar yr iard. Gwenais wên ymddiheugar arno a chododd ei law a diflannu o'r ffenest. Dychmygais o'n chwerthin yr holl ffordd i'r drws.

RŴAN

GORSAF HEDDLU

M AE MARTHA'N CERDDED i mewn i'r adeilad yn bwrpasol fel petai'n ymwelydd rheolaidd. Y gwir yw, dydi hi erioed wedi gweld tu mewn i orsaf heddlu o'r blaen, dim ond ar y teledu a does dim o'r bwrlwm mae hi wedi ei weld ar sgrin yn fama. Dim ditectifs mewn cotiau hir blêr yn llechu mewn corneli, yn esgus bod yn brysur er mwyn osgoi mynd adref i dŷ gwag... dim neb off eu pennau ar rywbeth yn cael eu llusgo i'w celloedd, gan weiddi mai nhw sy am achub y byd... a dim Samariad Trugarog, y mae'n amlwg i bawb arall mai hwn 'di'r Jack the Ripper lleol. Does yna fawr o neb yno a'r unig sŵn yw tagu cyfoglyd y plismon yn y dderbynfa. Dyn dros ei hanner cant ydi hwn sy'n gorfod eistedd ar stôl gan fod codi ei ben yn ormod o ymdrech iddo. O leiaf mae hwn yn ffitio'r stereoteip.

Mae PC Gareth Williams fel iâr sydd wedi colli'i phen ers clywed ar y radio bod corff dyn wedi cael ei ddarganfod ar y traeth, llai na deng munud i ffwrdd. Llai na deng munud i ffwrdd, a dyma fo yn styc yn fama yn gorfod delio efo Gwenni Wen. Dyna mae o'n galw Martha erbyn hyn. Mae o wedi llwyddo i gael gwared ar ddelwedd merch *The Ring* o'i ben ond yn ei lle mae Gwenni Wen wedi glanio. Merch ifanc efo gwallt hir, gwlyb oedd Gwenni Wen, ac mi oedd hi fel petai'n arnofio o un lle i'r llall yn hytrach na cherdded. Ac ydi, mae o wedi perswadio'i hun bod Martha yn ymgorfforiad o Gwenni Wen. Wrth gwrs dydi o erioed wedi gweld Gwenni go iawn, achos cymeriad mewn chwedl ydi hi, ond mae hi'n fyw iawn iddo fo erioed. Mae o'n cofio ei nain yn adrodd ei hanes. Merch yn ei harddegau oedd Gwenni a gafodd ei lladd mewn llifogydd mawr ac, yn ôl y chwedl, bob tro y byddai'n bwrw'n drwm, mi fyddai Gwenni yn dod yn ôl i'r man lle y boddwyd hi ac yn aros am gyfle i gipio plant a'u llusgo nhw i'r afon gyda hi. Pam fysa rhywun yn dweud stori fel'na wrth blentyn? Ei ddychryn cyn iddo fynd i'w wely? Mi wnaeth o wrthod mynd i aros at ei Nain ar ôl dipyn. Dydi o ddim yn meddwl ei bod hi erioed wedi ei hoffi. Dydi hi ddim wedi maddau iddo am ymuno efo'r heddlu chwaith. Mae ei Nain yn casáu'r heddlu ond does neb yn y teulu yn gwybod pam. Neu does neb wedi dweud wrth Gareth.

All Gareth ddim deall pam nad ydi ei bartner yn dangos unrhyw ddiddordeb yn y 'digwyddiad' ar y traeth. Wedi'r cyfan, dim ond hel plant o fanno am yfed a smocio sydd yn llenwi eu shifftiau nhw'n ddiweddar. A damweiniau ceir. Ond mae Gareth yn trio peidio meddwl gormod am y rheiny chwaith. Ychydig fisoedd yn ôl, mi fu rhaid iddo ddweud wrth fam a thad bod eu mab wedi cael ei ladd. Mi oedd o wedi crio gymaint nes bod rhaid i'r fam wneud paned efo tair llwyaid o siwgr iddo. Mae profiad fel yna yn glynu wrth rywun mewn lle fel hyn. Mae heddiw yn gyfle iddo neud enw iddo'i hun gydag achos mawr a gwneud i'r 'crio' ddiflannu ond heb Teresa yn ei gefnogi, mae hi wedi canu arno.

Mae yna ran fach iawn o PC Teresa Evans sydd eisiau gwybod mwy am y corff ar y traeth ond mae yna ran fwy ohoni sydd eisiau mynd adra at ei mam. Mi oedd neithiwr yn noson ddrwg a'i mam yn gwrthod mynd i'w gwely tan bump y bore gan ei bod mewn tŷ diarth. Adra oedd hi ond dydi hi ddim yn gwybod lle mae adra erbyn hyn. Dyna pam bod Teresa wedi agor yr ail botel o jin. Mae ei mam yn gwaethygu, mae Teresa yn gwybod hynny ac er cymaint mae hi'n casáu bod adra a'i mam hi ei hun ddim yn ei hadnabod, mae hi'n casáu ei hun yn waeth am ei gadael ac mae'n gobeithio na fydd yr helynt yma yn ei chadw yn ei gwaith yn rhy hwyr.

Mae Teresa yn arwain y ferch ifanc i ystafell fechan i'r chwith o'r ddesg ac yn gafael yn ei braich efo ychydig mwy o nerth nag y mae'n fwriadu. Dydi Martha ddim yn ymateb, dim ond mynd i eistedd ar y gadair sydd yr ochr bellach i'r bwrdd.

Pwy uffar ydi hon, ei bod wedi mynnu gymaint o'i hamser ers neithiwr – dim ond am fod *Dadi* yn ffrindia efo Wilkins? meddylia Teresa. Mae'n ei chorddi hi bod pobl yn dal i gael ffafrau yn y lle yma yn dibynnu ar eu cysylltiadau. A phwy uffar ydi ei thad hi beth bynnag? Mae'n rhaid ei fod o'n rhywun i gael Wilkins i redeg iddo fel ci bach. Doedd hi erioed wedi clywed amdano tan oedden nhw ar fin gorffen shifft neithiwr. Gawson nhw alwad o'r 'top' bod rhaid iddyn nhw fynd i gael golwg ar dŷ Martha Roberts i wneud yn siŵr nad oedd rhyw Mr Stewart ddim o gwmpas y lle. Chawson nhw ddim mwy o wybodaeth na hynny a phan awgrymodd Teresa ei fod o'n wastraff amser cafodd wybod yn ddigon sydyn bod Wilkins a thad y Martha yma yn ffrindiau, felly doedd ganddyn nhw ddim dewis. *Stalker* oedd ei phartner yn amau. Rhyw lol efo cyn-gariad oedd hi'n amau ond gwastraff amser llwyr oedd yr holl beth achos doedd dim golwg o neb neithiwr. Wedyn daeth y gorchymyn bore 'ma i neud galwad lles. Bron iddi ddweud wrtho lle i fynd ond all hi ddim fforddio colli'i swydd. Ar ddwy awr o gwsg mi oedd ei hamynedd yn brin. A rŵan hyn. Shit. Shit. Shit, meddylia. Duw a ŵyr pryd gaiff hi fynd adra rŵan.

Eistedda Martha yn dawel, yn edrych o'i chwmpas ar yr ystafell lwyd, oer, ddiflas. Mae hon yn debyg i'r ystafelloedd oedd hi wedi eu gweld ar y teledu, gyda hyd yn oed y peiriant tapiau ar y bwrdd. Petai hi ddim yn y llanast mae hi ynddo efallai byddai hi'n gweld yr holl beth yn gyffrous. Ond dydi hi ddim. Mae'r ddau PC yn ffraeo ymysg ei gilydd eto am rywbeth ond yng nghanol y dadlau mae PC Gareth Williams yn gofyn iddi ydi hi eisiau paned ac mae hi'n ysgwyd ei phen. Mae yna aroglau *disinfectant* cryf yma ond mae rhywbeth yn well nag aroglau'r car heddlu. Pam does 'na ddim lluniau ar y waliau? meddylia, siawns y mwyaf cyffyrddus mae pobl yn teimlo, y mwyaf parod i siarad maen nhw? Mi fysa Denise yn gallu rhoi bach o liw i'r lle, meddylia Martha. Denise. Dydi hi ddim wedi meddwl am Denise a'r gweddill ers… dydi hi ddim yn cofio ers pryd. Dydi hi ddim yn cofio dim byd! Lle mae Denise? Ydi hi'n iawn? Pam ei bod hi'n methu cofio dim? Mae'n trio gorfodi ei hun i gofio ac mae hi'n cau ei llygaid. Mae'r fflachiadau yn eu hôl – canu, chwerthin, dawnsio, y môr… ond yna'r gyllell a'r gwaed! All hi ddim! Mae'n agor ei llygaid. Mae'n edrych i lawr ar ei llaw ac yn gweld smotyn o waed o dan ei gewin. Neu ai baw ydi o? Mae'n teimlo rhywbeth yn ei sgidiau hefyd sydd yn gwneud ei thraed yn annifyr. Tywod.

'Os 'nei di ddeud wrthan ni be ddigwyddodd, gei di fynd adra at Mami a Dadi'n gynt, boi.' Dydi PC Teresa Evans ddim yn trio swnio mor nawddoglyd efo hon sydd tua'r un oed â hi ond dyna ni. Dweud dim mae Martha beth bynnag a syllu ar ei dwylo. Shit, meddylia Teresa, mae'n mynd i fod yn uffar o shifft hir. Mae'n gweddïo nad oes yna unrhyw gysylltiad rhwng y corff ar y traeth a Martha Roberts.

Ar hynny mae PC Gareth Williams yn baglu i mewn i'r stafell gan ollwng hanner y baned sydd i fod i Martha, er ei bod hi wedi ysgwyd ei phen. Mae'n anwybyddu'r ffaith ei fod wedi llosgi ei law ac yn mynd yn syth at Teresa ac yn 'sibrwd' yn ei chlust.

'Y corff 'ma ar y traeth. O'dd o wedi'i drywanu efo cyllell?'

Dydi Gareth ddim yn dda iawn am sibrwd ac mae digwyddiadau neithiwr i gyd yn dod yn ôl i Martha fel golygfeydd ffilm.

CYNT

FFERM

O'N I'N IAWN. Mi oedd Lewis Cwm Gwyn yn dal i giglo'n dawel wrth iddo agor drws ei gartref i'r ymwelwyr annisgwyl. A gigl hyfryd oedd ganddo hefyd, ei sgwyddau bach yn dal i symud yn hir iawn ar ôl i'r sŵn orffen. Doedd Lewis yn amlwg erioed wedi gweld ymateb o'r fath ar ei fferm i un iâr oedd wedi'i chyffroi ychydig.

'Wisgi bach yn y ddishgled i chi. At y sioc,' meddai wrth basio'r gwpan a'r soser i Ywain a'r rheiny'n dechrau ysgwyd wrth i'r hen ddyn ddechrau chwerthin eto.

'Diolch,' atebodd hwnnw gan grynu'n ormodol.

Ocê, mi oedd hi ychydig yn oer yn y tŷ ond hen dŷ fferm oedd o, be oedd Ywain yn ei ddisgwyl? Neu ella mai dal i weld yr iâr yn pigo'i esgidiau Christian Louboutin oedd yn achosi'r cryndod.

Dyn cymharol fach yn ei wythdegau hwyr oedd Mr Lewis Evans. Er mod i'n cymryd nad oedd o'n disgwyl cwmni ynghanol nunlla ar nos Fercher arferol, mi oedd o wedi ei wisgo'n smart iawn mewn trowsus llwyd, crys golau a siwmper las, drwchus oedd un maint yn rhy fawr iddo, efo bathodyn clwb rygbi arni (ond mod i'n methu gweld pa glwb gan fod y bathodyn wedi hen wisgo). Mi oedd ganddo fop o wallt gwyn trwchus a phob blewyn yn ei le a dwi'n amau ei fod yn gwisgo sbectol fel arfer gan ei fod yn crychu ei wyneb wrth edrych arnon ni.

Mi oedd Mr Lewis Evans wedi dod â ni drwodd i'r stafell fyw lle oedd yna ddresel fawr bren yn llawn o luniau teuluol yn ganolbwynt i'r stafell. Stafell fach oedd hi efo un soffa frown yn wynebu'r ddresel a chadair siglo wrth y lle tân ond roedd y tân yn dywyll ar y pryd. Mi oedd yna flanced lwyd dros y soffa ac un goch dros y gadair siglo. Wn i'm ai i guddio pechodau 'ta i gadw'n gynnes oedd pwrpas y blancedi.

Eisteddodd y pedwar ohonom yn agos iawn at ein gilydd ar y soffa tra bod Ywain yn symud nôl a blaen o'r gadair siglo i'r ffenest bob dau funud, fel tae o'n disgwyl gweld yr iâr yno yn barod am yr ail rownd. Roedd hi'n daclus a glân iawn yn yr ystafell. Mi oedd y lluniau wedi eu gwasgu at ei gilydd ar silffoedd yr hen ddresel, yn ddigon tebyg i ni ar y soffa, ac mi oedd pob llun yn sgleinio gyda pholish (yn wahanol iawn i ni'n pedwar). Doedd dim dewis ond edrych ar yr wynebau yn syllu arnon ni o'r ddresel a doedd Elffi ddim yn siŵr be oedd hi'n feddwl o'r hyn oedd hi'n weld. Roedd ganddi wyneb oedd yn bradychu'i theimladau yn glir iawn.

Cofnod o fywyd gŵr a gwraig oedd y lluniau. Llun du a gwyn o ferch ifanc dlws, llun priodas o ddau hapus iawn, i weld, lluniau ohonyn nhw allan ar y fferm yn mwynhau, yn gweithio, yn ymlacio, lluniau o fabi, y babi'n tyfu, hogyn bach yn gafael yn ofalus mewn chwe chi bach, llun ohono yn eistedd ar lin ei dad ar y tractor, yn ddyn ifanc balch ar ei ben ei hun ar y tractor, yn dalach na'i fam mewn dathliad pen-blwydd a'r llun mwyaf oll oedd yr un ohono ar ddiwrnod ei seremoni graddio. Mi oedd y ddresel yma'n adrodd cyfrolau a ddechreuish i feddwl lle oedd fy nresel i o luniau fy mywyd?

Ar goll ymhlith miloedd o luniau ar y ffôn. Penderfynais i'r eiliad honno fod rhaid i mi eu sortio nhw a'u hargraffu nhw. A ffeindio dresel. Rhyw ddydd.

'Beti,' meddai Lewis wrth weld y pedwar ohonom yn syllu ar yr oriel fawr.

'Fy ngwraig. Briodon ni yn *nineteen fifty two*, o'n ni newy' droi'n ddeunaw. Fysen ni'n dathlu *seventy two years* o briodas eleni. Tase hi 'di ca'l byw.'

'Menyw brydferth. Pryd golloch chi hi?' Mi oedd Denise hefyd wedi ei hudo gan yr holl luniau.

'Tair blynedd nôl nawr. O'dd hi wedi blino 'byn 'nny... Ac wedyn co, Huw yw hwn. Arhoson ni'n hir amdano fe... ond wedyn... fe o'dd yr anrheg gore 'rioed,' gan wenu'n falch nes bod ei lygaid wedi diflannu'n llwyr.

Edrychais ar Ywain gan obeithio y byddai, o glywed enw 'Huw', yn cymryd y cyfle i egluro pam ein bod ni yno, ond mi oedd o'n dal yn chwilio am yr iâr drwy'r ffenest. Edrychais ar Rhys ond gwnaeth hwnnw lygaid mawr arna i i'n siarsio i i beidio â deud gair o flaen Denise. Ond mi oedd rhaid i mi ddeud rhwbath wrth y cradur yma oedd wedi gwahodd pum dieithryn blêr i mewn i'w gatra!

'Wedi dod i weld Huw ydan i a deud gwir, Mr Evans,' mentrais gan anwybyddu Rhys.

'Galwch fi'n Lew. 'Na shwt ma pawb arall ffor hyn yn 'y nabod fi.'

'Lew? Be 'di enw'r iâr?'

Rhois i bwniad bach i Elffi i gau'i cheg am y blydi iâr am funud.

'Wilma! Digon ffein, er bach yn ecseited 'da fisitors falle,' meddai gan chwerthin eto. Erbyn hyn mi oedd Ywain wedi troi'n ôl at y sgwrs ond ddim yn rhannu'r jôc!

'Lew, mi oedd Dad yn coleg efo Huw – doeddat, Dad?'

Ers i Lewis ddeud ein bod ni'n cael ei alw'n Lew, mi oedd Elffi i weld yn benderfynol o neud hynny. Mi ddois i ddeall wedyn nad oedd hi'n hoffi galw pobl yn Mr a Mrs ac yn casáu y lol Anti ac Yncl i bobl oedd ddim yn perthyn iddi. Rhwbath arall oedd gen i'n gyffredin efo'r hogan bach wyth oed yma.

'Wel, *not quite*,' meddai Ywain oedd yn methu peidio atal ei hun rhag cyfrannu. 'O'dd Huw ar ei flwyddyn ola yn y brifysgol pan gychwynnais i ond o'ddan ni yn yr un criw ffrindia. Huw, fi a Rhys, y lwmp 'ma ar eich soffa chi.'

'A 'nhad i, Breian,' ychwanegais innau'n sydyn cyn iddi fynd yn ffrae arall.

Gwenodd Lew eto a diflannu am eiliad i'w atgofion cyn deud yn dawel,

'A, ie, siŵr. Brei. Wi'n cofio nawr. Criw y dramatics 'sha Ga'rdydd 'na... Huw yn sôn lot amdanoch chi. Wi'n credu taw 'na beth o'dd e'n golli fwya pan dda'th e gytre.'

Edrychiad llawn euogrwydd rhwng Rhys ac Ywain cyn i Rhys gyfadda,

'Ie, ni 'di bod itha *shit* am gadw cysylltiad.' Er iddo ddifaru ei eiriau, dwi'n siŵr, achos gafodd o waldan gan Denise am regi o flaen Elffi a'r hen ddyn.

Gwên fach eto gan Lew wrth iddo eistedd yn y gadair siglo gydag ochenaid fach.

'Fel 'na ma 'ddi, ondyfe. Fydd e'n diawlo bod e 'di'ch miso chi heno. O'dd e'n helpu mas ar ffarm ochr arall i'r cwm prynhawn 'ma, a nabod Huw, ma fe 'di aros i swper! 'Na drueni.'

Sylwodd Lewis ar yr wynebau siomedig yn yr ystafell felly ychwanegodd 'ond croeso i chi aros iddo fe. Fydd e ddim yn hir, wi'n siŵr. Naf i ddisgled arall i ni.' Cododd yn syth ac yntau prin wedi eistedd.

Edrychodd Ywain arno'n frwdfrydig a rhoddodd Lewis Cwm Gwyn winc fach i gadarnhau y byddai dropyn ychwanegol yn y banad yma hefyd.

'Lew,' Elffi eto. 'Oes gan Huw ffôn? Fysach chi'n gallu gadael iddo wybod bo ni yma!' gan wenu fel tasai hwn oedd y syniad gorau yn y byd. Gwenodd yntau yn ôl gan ofyn am ei help hi i sgwennu neges i Huw gan ei fod o wedi colli ei sbectol ers ben bore. Wonder Woman yn achub y dydd unwaith eto.

★

Wedi'r ail banad a darn o fara brith efo modfedd o fenyn, mi gynigodd Lew fynd â ni ar daith fach o amgylch y fferm. Doedd hi'm yn syndod i neb bod Ywain wedi gwrthod a phrotestiodd yn swnllyd ei bod hi'n syniad hurt gneud ffasiwn beth yn y twllwch. Gwnaeth Denise hithau ei gorau hefyd i osgoi ond *cytuno* i gael ei llusgo gerfydd ei llaw gan Elffi wnaeth hi'n y diwedd gan adael Ywain yn y tŷ ar ei ben ei hun yn dal i brotestio.

Wedi cael ei siarsio gan Ywain i beidio â chyffwrdd dim byd *byw*, i olchi ei dwylo yn rheolaidd efo un o'r tri *gel* dwylo roddodd o iddi ac i afael yn dynn yn llaw Denise, mi gafodd Elffi fynd efo Denise, Rhys a minnau ar daith gerdded o amgylch y fferm am wyth o'r gloch y nos gyda Lewis, ein harweinydd annwyl. Er ei fod, mae'n siŵr, yn tynnu am ei naw deg a bellach yn hanner y dyn o ran maint ag oedd yn y lluniau, mi wibiodd Lew â ni o un adeilad i'r llall yn adrodd hanes pob gronyn o'r lle. Mi oedd Rhys a finnau yn cael trafferth dal i fyny efo nhw ar ôl ychydig, gan fod gwin neithiwr ac 'awyr iach' y fferm wedi achosi ail bwl o hangofyr i fi ac am Rhys...? Wel, o'n i'n amau mai'r pellaf oedd o wedi cerdded yn ddiweddar oedd o'i gadair i'r ffrij.

Mi oedd fferm Cwm Gwyn yn perthyn i deulu Lew ers pum cenhedlaeth, chwech yn cynnwys Huw, ac mi oedd yn amlwg bod Lew yn rhan annatod o'r tir hwn. Fferm wartheg oedd hi am flynyddoedd ond erbyn hyn dim ond ychydig o ddefaid, dau fochyn a'r ieir, wrth gwrs, oedd yno. Gyda Lew a Huw wedi mynd i oed, mi oedd rhaid torri'n ôl rhywfaint, meddai Lew. Doedd Huw ddim wedi priodi felly, meddyliais, a dim plant i gadw'r fferm i fynd? Mi o'n i'n torri 'mol isio gofyn cant a mil o gwestiynau i Lew ond o'n i'n amau bysa gweld y fferm yn mynd o afael y teulu yn torri calon y dyn yma, felly mi geusish i 'ngheg am rŵan. Mi fyswn yn holi Huw ei hun pan fysa fo'n dod adra.

Nid cwestiynau Elffi yn unig oedd raid i Lew druan eu diodda ar ein gwibdaith, mi oedd Rhys yn dangos diddordeb mawr yn y fferm hefyd. Ella'i fod o'n trio llenwi'r bylchau rhag rhoi cyfle i mi sôn am y gwir reswm am ein hymweliad o flaen Denise, ond mi oedd y diddordeb annisgwyl yma'n tynnu mwy o sylw ei wraig.

'Ers pryd 'yt ti'n deall y gwahaniaeth rhwng dafad a gafr?' gofynnodd ar ôl i Rhys holi pa fath o ddefaid oedd ar y fferm.

'Ma wastod diddordeb 'di bod 'da fi! Wi 'di meddwl erioed... alla i weld 'yn hunan fel ffarmwr.'

'*What the*–?' a stopio'i hun cyn gorffen ei brawddeg.

Gwenais ar Denise yn gefnogol am gofio peidio â rhegi o flaen Elffi.

'Jest achos bo ti 'di wotsho *Cefn Gwlad* unwaith! Fyddet ti'm yn para diwrnod fel ffermwr, Rhys!'

Er mod i ond wedi cyfarfod â Rhys y bore hwnnw, o'n i'n dueddol o gytuno efo Denise. Tra bod Lew yn cyflwyno Jaci Soch Un a Jaci Soch Dau, y moch, i Elffi mi aeth hi'n ffrae rhwng y gŵr a'r wraig am bob dim, o sawl pennod o *Cefn*

Gwlad oedd Rhys wedi eu gwylio i'r adegau roedd Denise wedi gwrthwynebu syniadau Rhys. Ai fel'ma fyddai Daf a finnau mewn blynyddoedd? Yn ffraeo dros bethau stiwpid heb ddiawl o ots pwy oedd yn ein gwylio ni? 'Nes i ddechrau teimlo'n boeth ynghanol rhochian y moch, y ffraeo, yr oglau a blas gwin neithiwr oedd yn dod nôl i fy hitio i fel ton bob hyn a hyn.

'Dwi am fynd nôl i jecio ar Ywain, OK!' medda fi a rhedeg nôl am y tŷ.

''Na fe! Falle fydd Huw nôl nawr!' gwaeddodd Lew yn hapus ac yn swnio fel petai'n barod i ateb mwy o gwestiynau Elffi am y moch.

*

Rhedish i i'r tŷ a mynd yn syth am y gegin i gael gwydr o ddŵr i mi fy hun a phoeni wedyn mod i'n uffernol o ddigywilydd yn helpu'n hun mewn tŷ diarth. Ond rywsut doedd o ddim yn teimlo'n ddiarth o gwbl. Ella achos ei fod o'n f'atgoffa i o dŷ Erin, fy ffrind gora yn yr ysgol gynradd. Mi oedd hi'n byw ar fferm ac o'n i wrth fy modd yn cael mynd i chwarae yno a bod ynghanol bwrlwm y gwaith, yn enwedig pan oedd pawb yn dod i'r tŷ am de bach tua pedwar. Ella mai jest licio'r bwyd o'n i... ond o'n i wrth fy modd yn ista wrth y bwrdd mawr yn gwrando ar y tynnu coes, y cwyno a'r chwerthin. Ma'n siŵr bod y gegin yma yn llawn siarad gwaith ar un adeg hefyd, a brechdanau jam.

Mi oedd golau stribyn y gegin yn fflachio a doedd hynny ddim yn helpu 'mhen i ond mi oeddwn i'n gallu gweld mor lân oedd y gegin yn y fflachiadau. Gymaint gwell na 'nhŷ i! Ond do'n i'm isio meddwl am fy nghegin i ar y funud achos wedyn fyswn i'n dechrau meddwl am Daf ac wedyn mi fyswn i'n cofio am ein sgwrs ddwytha ni ac wedyn yn meddwl amdano fo'n crwydro ar ei ben ei hun ar hyd strydoedd Llundain! O'n i'n teimlo'n boeth i gyd eto ac am y tro cyntaf ers noson fy mhenblwydd 'nes i ddechrau meddwl o ddifri be o'n i wedi neud. Be ddiawl o'n i'n feddwl o'n i'n neud yn mynd i Lundain ar fy mhen fy hun? Do'n i'm yn cofio y tro dwytha 'nes i unrhyw beth ar fy mhen fy hun! Daf oedd yn iawn. Ddylwn i fod 'di rhwygo'r darn papur yna'n ddarnau ac anghofio amdano. Doedd hyn ddim yn fi! Ond eto mi oedd meddwl am fynd adra yn fy ngneud i'n boethach ac yn benysgafn. Wedi gweld Lew yn perthyn mor gynhenid i Gwm Gwyn o'n i methu peidio â meddwl i lle uffar o'n i'n perthyn rŵan? Es i i lenwi ail wydriad o ddŵr a sefyll wrth y sinc yn edrych ar dwllwch y nos drwy'r ffenest. Yn fflachiadau golau'r gegin sylwish i fod 'na gyllell fara fawr ar ochr y sinc. O'n i'n methu stopio'n hun a mi luchies i'r gyllell i ddrôr cyfagos a chwilio am gadach neu liain sychu llestri. Roedd yna liain gwyn newydd ei olchi wedi ei blygu yn daclus wrth y popty mawr a 'nes i osod y lliain yn ofalus dros y gyllell a chau'r drôr. Gorffennais fy nŵr a phenderfynu mynd i chwilio am Ywain.

Erbyn i mi fynd yn ôl i'r stafell fach mi oedd Ywain wedi ymlacio rhywfaint ac wedi mentro gadael ei *look out* wrth y ffenest. Roedd wedi setlo yn y gadair o flaen y lle tân gwag gyda'i fyg wedi ei lenwi ond dim llawer o de ynddo, beryg. Ella mai dyna oedd achos ei stad ymlaciedig. Yn y foment honno mi oedd Ywain yn edrych yn wahanol iawn i'r meddyg yn y siwt biws oedd yn prynu coffi i fi, er ei fod o'n dal yn dipyn taclusach na'r gweddill ohonon ni a dwi'n siŵr bod un fraich o'i siwmper wedi costio mwy na 'ngwisg gyfan i. Ond ar ôl deuddydd o deithio a'r trawma efo'r ieir mi oedd ei wallt ychydig allan o'i le, gwaelod ei jîns golau yn smotiau mwd i gyd ac i'w weld yn rhy fawr o lawer iddo rŵan. Mi oedd o'n edrych yn nes at ei oed yn y golau gwan (nid mod i'n gwybod yn iawn faint oedd ei oed, gan ei fod o'n mynnu deud ei fod o gymaint fengach na phawb arall). Ond os oedd Dad yn chwe deg pump a'i fod yn byw yng Nghaerdydd tan ei fod yn ei dridegau mae'n rhaid bod Ywain yn chwe deg o leiaf.

Tro Ywain oedd hi i astudio'r lluniau ar y ddresel, am ei fod o'n gallu talu mwy o sylw iddyn nhw rŵan bod bygythiad yr iâr wedi lleddfu. Un llun yn arbennig oedd yn tynnu ei sylw, sef y llun mwyaf o Huw yn graddio –

'Lle ma'r blynyddoedd yn mynd, Martha?'

Do'n i'm yn siŵr lle oedd y sgwrs 'ma am fynd heb wybod sawl mygiad o 'de' oedd o wedi ei gael erbyn hyn.

'Dyddia da?'

'Oeddan. Ffabiwlys. Bechod bo ni gyd 'di bod mor uffernol am gadw cysylltiad. Ers...'

'Ers fi?' mentrais.

'Naci, bywyd...' atebodd, gan gymryd llowciad mawr arall o'r wisgi.

'Alla i'm deud mod i'n ei nabod o'n dda iawn. Huw. Swil iawn o be dwi'n gofio, tawel. Ond dwi'n cofio rŵan be o'dd o'n neud yn Am Dram. O'dd o'n sgwennu petha *amazing*. Fyny yn hwyr yn sgriblan bob nos.'

'Sgwennu be?'

'Dramâu, cerddi. Straeon byrion. Amdanon ni'n chwech, weithia. O'dd rhai ohonyn nhw'n *hileriys*. O'n i'n meddwl fysa fo 'di aros yng Nghaerdydd a mynd i weithio i ryw gwmni teledu moronic efo Rhys ond... *obviously not.*'

'Does unman yn debyg i adra...' Roedd o'n teimlo fel yr adeg iawn i ganu llinell o gân Gwyneth Glyn am ryw reswm.

Ac wedyn teimlo yn rêl ploncar. Edrychodd Ywain arna i'n rhyfedd cyn chwerthin a dod allan o niwl atgofion Caerdydd.

'Wel, doedd adra ddim yn debyg i fi achos 'nes i *runner* unwaith ges i hyd i *escape route.*'

'O, ia?' holais er doeddwn i ddim yn siŵr oedd gen i'r egni heno am stori fawr, ond doedd gan Ywain ddim egni i rannu llawer chwaith.

'*Sixteen.* Coleg Lefel A. O'dd Mam a Dad yr un mor falch â fi pan 'nes i adael ac yn hapus i roi pres i mi fyw nes mod i 'di gorffan stydio. Dim ond dwywaith dwi wedi bod adra ers hynny. Angladd Dad a phan oedd Elffi yn fabi. A difaru'r ddwywaith. *That's life.* Ond *fair play* i Huw – *better man than me.* Fyswn i byth wedi gallu dod nôl adra. Fysat ti?'

Unwaith eto o'n i'n synhwyro fy hun yn methu ateb. Ella mod i ddim 'di mynd yn ôl adra i fyw ond es i'n ôl i'r ardal ar ôl y brifysgol. 'Nes i erioed ddychmygu mai fanno fyswn i wedyn. Oedd gen i gynlluniau... Ond doedd Ywain ddim yn disgwyl i mi ateb beth bynnag, am ei fod yn syllu ar lun Huw unwaith eto a mwmian yn dawel.

'*Should've made more effort.* Boi da.'

O'n i'n dechra teimlo'n euog fy hun wrth feddwl pryd 'nes i gysylltu efo'r criw coleg ddwytha. Ma'n rhaid bod 'na wythnosa... misoedd ella. Ai fel'na mae o'n dechra? Daf oedd ddim awydd mynd tro dwytha – 'di blino. Wel, mi fydd rhaid i betha newid pan a i'n ôl neu fydda innau'n syllu'n hiraethus i fyg o wisgi cyn i mi droi rownd!

'Fysa fama yn gallu bod yn *goldmine.*'

Mi oedd Ywain wedi codi a mynd nôl at y ffenest rŵan. O fewn dim, mi oedd wedi cnocio canrifoedd o hanes i'r llawr ac wedi ailadeiladu pentra gwyliau efo waliau gwydr a *hot tubs.*

'Mae'n blydi oer yma ond gymaint o botensial, does?'

'Hmm,' medda finna, yn anghytuno efo bob rhan o 'nghorff ac yn corddi drwydda i wrth feddwl am y ddresel fawr yn gneud lle i deli *60 inch flat screen*.

'Ti'n OK? Ti bach yn llwyd,' holodd Ywain.

'Ydw. 'Di blino 'chydig. Dyddia dwytha 'ma yn dal fyny efo fi, dwi'n meddwl.'

'Yeah. Everything catches up with you in the end.'

'Ti'n OK?' Gwelais fy nghyfla i fentro holi. 'Y car... y busnes methu talu am betrol... ydi bob dim yn iawn?'

Tawelwch am ryw eiliad yn lle'r protestio a'r gwadu o'n i wedi'i ddisgwyl.

'Petha ddim yn grêt a bod yn onest,' atebodd Ywain ar ôl rhyw funud neu ddau. 'Rhwng Sean a fi... a bach o *stretch financially* ond fydd bob dim yn iawn. Blip bach. Pawb yn cael nhw, dydan? Dyna pam dwi 'di hi-jacio'r trip yma, yli. I gael brêc bach o'r *drama* i Elffi a fi. Sorri. Hunanol, 'de.'

'Fi sy'n hunanol – styrbio bywyda pawb fel hyn. Ac i be? Be ddiawl dwi'n mynd i neud unwaith dwi 'di ffeindio chi i gyd?'

'Yli, pam na ei di i ffonio dy dad? Dwi'n siŵr fysa fo wrth ei fodd yn clywed dy lais di.'

Roedd Ywain yn iawn. Dyna'n union be o'n i angen ond wrth i mi chwilio am fy ffôn ym mhob pocad mi glywais Rhys a Denise yn ffraeo ac mi oedd yn arwydd bod y daith ar y fferm wedi dod i ben. Mi oedd Lew, druan, yn edrych ddeng mlynedd yn hŷn nag oedd o pan gyrhaeddon ni a dwi'n siŵr ei fod o wedi dechrau blino ar helynt ei ymwelwyr!

'Dal dim golwg o Huw, 'te? Wel, pidwch becso. Steddwch, a mi a inne i neud rhwbeth bach i ni i swper,' meddai gan suddo yn ôl yn ei gadair tra bod Rhys yn dal i ddadlau efo Denise ynglŷn ag a oedd pengwin yn gallu fflio ai peidio. Nac oedd, meddai hi, neidio o'n nhw.

'Lle ma Elffi?' Tarodd Ywain ei fyg yn galed ar y silff ffenest nes bod pawb yn dawel ac yn anghofio am y pengwin. Edrychodd Denise o'i chwmpas gan ddisgwyl gweld llaw Elffi yn ei llaw hi ond roedd hi'n amlwg i bawb nad oedd yr hogan bach yna.

'Lle ma hi?' gofynnodd Ywain eto, yn uwch tro 'ma.

'Wel... o'dd hi gyda ni muned nôl... doedd, Rhys?'

Doedd gan hwnnw ddim clem ac mi oedd panic Ywain yn dechrau llenwi'r stafell fel aer mewn balŵn mawr.

'Wel, dydi "munud nôl" ddim iws i neb, nadi!'

'Paid ti â gweiddi ar Denise!' meddai Rhys, yn achub cefn ei wraig yn syth, y ffraeo'n angof.

''Da Jaci Soch Un a Jaci Soch Dau siŵr o fod,' meddai llais pwyllog Lew, ei ben yn pwyso'n ôl ar ei gadair a'i lygaid 'di cau.

'Pwy ddiawl 'di rheiny?' gwaeddodd Ywain eto.

'Wel, y moch, ondyfe?' Agorodd Lew ei lygaid a chodi ar ei draed unwaith eto. 'Well i chi ishte neu fyddwch chi 'di whythu gasget, ddyn,' ychwanegodd yn bwyllog.

Anwybyddodd Ywain y cyngor a rhedodd allan i'r nos. Edrychodd Rhys, Denise a finnau ar ein gilydd am eiliad yn disgwyl i un ohonon ni chwerthin ar ymateb gor-ddramatig Ywain ond dod i'r casgliad bod yn well i ni fynd ar ei ôl wnaeth y tri ohonon ni. Eistedd yn ôl yn ei gadair wnaeth Lew, gyda phob ffydd y byddai Elffi yn iawn efo'r moch ac yn gwerthfawrogi munud o lonydd ar yr un pryd.

'Elffi! Elffi!' Mi oedd llais Ywain yn cario am filltiroedd ond doedd dim hyd yn oed tylluan yn trafferthu ei ateb. Pan welais i Jaci Soch Un a Jaci Soch Dau yn rhochian cysgu a dim golwg o Elffi yn nunlla mi wnes innau ddechrau teimlo ychydig o banic Ywain. Be os oedd rhwbath wedi digwydd iddi? Mi oedd y ffarm 'ma yn llawn posibiliadau ar gyfer pennod waedlyd o *Casualty*.

Mi oedd ofn Ywain o'r anifeiliaid a'r twllwch yn angof wrth iddo redeg o un cwt i'r llall efo golau'r ffôn yn creu llwybrau cul o gwmpas y fferm. Er syndod, mi wnaeth y panic roi cic yn nhin Rhys hefyd ac mi ymunodd o a Denise yn yr helfa efo dipyn mwy o ffocws nag Ywain. 'Nes i ddim rhedeg i nunlla. Nid mod i ddim yn poeni ond mewn sefyllfaoedd fel hyn ro'n i angen meddwl. Er na fyswn i'n cyfadda i'r lleill, mi oeddwn i wedi 'colli' ambell blentyn ers i mi ddechrau dysgu… ar ddyddiau gwaith maes neu dripiau ysgol ond mi o'n i *bob* amser yn eu ffeindio nhw. Yn y diwedd. Gymres i funud i feddwl yn hytrach na rhedeg o gwmpas y lle fel iâr heb ei phen. Yr ieir…

Do'n i'm isio codi gobeithion y lleill, felly mi es i'n ôl am y cwt ieir ar fy mhen fy hun. Er mod i'n hyderus yn fy sgiliau, mi oedd gen i dro hyll iawn yng ngwaelod fy mol er mod i'n trio ei anwybyddu.

Wrth i mi agosáu at y cwt mi allwn glywed llais bach. Er mor dawel oedd y llais mi o'n i'n ei adnabod yn syth. Elffi. Ochenaid fawr o ryddhad. A mymryn o falchder yn fy ngallu i gadw'n reit gall mewn creisis. Ar hynny glaniodd Ywain yn fy ngwyneb heb feddwl y bysa ei weld yn ymddangos o nunlla yn y twllwch yn fy nychryn!

'Blydi hel, Ywain!'

'Ma rhaid ni ffeindio hi, Martha! Ma rhaid ni! Ti'm yn dallt! Hi ydi'r unig beth sgen i!'

'Wow. Shwsh! Gwranda,' medda finna a'i arwain yn agosach at y sŵn. Llais Elffi oedd o, yn bendant, ac mi oedd hi'n siarad efo rhywun am yr ieir.

'O, na! Elffi!'

Nid yr ymateb o'n i wedi'i ddisgwyl ganddo wrth ddod o hyd

i'w ferch ar ôl ffasiwn banic. Ches i'm gair o ddiolch ganddo! Taranodd i mewn i'r beudy lle oedd y cwt ieir ac anelu'n syth at y golau gwan – ffôn Elffi fel golau sbot ar ei hwyneb bach tlws, ei llygaid yn dod yn fyw wrth iddi ddisgrifio'r ieir.

'Wil ydi hwn a fo ydi'r lleia ond yn ôl Lew fo ydi'r cynta i–'

Chawson ni ddim clywed be oedd sgiliau Wil gan fod Ywain wedi cydiad yn ffôn Elffi a'i luchio mewn at yr ieir a gweiddi dros Sir Gaerfyrddin,

'Be ddiawl ti'n feddwl ti'n neud, Elffi? *You stupid girl! I can't believe this!*'

'Dad, Dad mae'n OK dim ond–'

'Pwy oedd ar y ffôn? *You know the rules!* Pwy oedd ar y ffôn?'

Erbyn hyn mi oedd wedi gafael yn Elffi, druan, ei wyneb reit yn ei hwyneb hi. Ar ôl y profiad yn y gwesty, ella na ddylwn i fod wedi busnesu ond doedd hyn ddim yn iawn.

'Wow woo, Ywain! Stop!' Gafaelais yn ei fraich er mwyn rhoi lle i'w ferch anadlu ychydig.

Cymrodd Ywain yntau anadl fawr a chamu'n ôl i bwyllo ei hun gan wthio fy mraich i i ffwrdd.

'Ti'm yn dallt, Martha.'

Na, doeddwn i ddim yn dallt. Dwi wedi delio efo sawl rhiant sydd wedi cynhyrfu neu wylltio efo'u plant ond mi oedd hyn yn wahanol. Mi oedd Ywain yn crynu drosto ac nid rhyw sioe fawr, fel y lol efo'r ieir, ond cryndod go iawn a'r lliw, oedd wedi diflannu o'i wyneb ynghynt yn y panic, yn ôl rŵan yn batsys coch.

Mi oedd Elffi, oedd yn dal yn ei gwisg Wonder Woman yn crynu hefyd a'i llygaid yn llawn dagrau ond yn gneud ei gorau i beidio â chrio.

'Neb, Dad. Wir yr. Do'n i ddim ar ffôn efo neb. Gneud fideo

o'n i. Fideo o'r ieir… i ni gofio nhw ar ôl mynd adra… ac ella rhoi ar TikTok achos dydi ffrindia fi ddim 'di gweld rhai o'r blaen.'

'TikTok?' gofynnodd Ywain yn trio gneud synnwyr o'r hyn oedd yn mynd ymlaen.

'Ia. Ond dim rŵan. Dwi heb roi dim byd fyny rŵan. Wir yr, Dad. Dwi heb ffonio neb.'

Gafaelodd Ywain am ei ferch a'i chofleidio'n dynn. A'r tro yma 'nes i ddim busnesu. Drwy eu 'sorris' mawr i'w gilydd dwi'n siŵr mod i wedi clywed Ywain yn deud wrthi,

'Ti'n deall, dwyt?'

Ac yn amlwg mi oedd hi achos mi oedd y ddau wedi maddau i'w gilydd yn syth.

Ynghanol hyn i gyd, mi oedd yr ieir wedi cynhyrfu'n lân ac yn gneud ffasiwn sŵn dros bob man nes bod Rhys a Denise wedi cyrraedd ond eiliadau yn rhy hwyr i'r ddrama fwyaf.

'O, Elffi bach!' Rhedodd Denise yn syth ati a'i chodi a'i gwasgu'n dynn heb sylwi iddi dorri ar foment rhwng y ferch a'r tad. Sylwais i ar Rhys hefyd yn rhoi ochenaid fawr o ryddhad a 'diolch byth' yn ei chanol.

Wedi rhyw bum munud o sefyll yn y beudy yn sbio ar ein gilydd a neb yn siŵr pryd fysa hi'n addas i adael y lle drewllyd tywyll yma – mi edrychon ni ar Ywain am arweiniad. Mi oedd o'n dal i'w weld wedi styrbio gan yr holl beth ac wedi cymryd Elffi yn ôl gan Denise ac yn ei chario'n dynn.

'Gawn ni fynd nôl i'r tŷ 'wan, Dad?'

Diolch, Elffi.

'Ella fydd Huw yn ôl 'wan,' ychwanegais inna, bron â marw isio pi-pi ar ôl yfed yr holl ddŵr yna.

Nodiodd Ywain ei ben a throdd y pump ohonon ni i adael.

'Dad!'

'Be?'

'Ffôn fi?' mentrodd Elffi yn dawel. 'O'n i isio dangos y fideo i Lew.'

Deilema. Mi oedd y ffôn yn gorwedd yn ddel yn y cwt ieir a Wilma wedi gosod ei thin reit drosto. Llowciodd Ywain ei boer. Ar ôl dychryn ei ferch y peth lleia allai o neud, am wn i, oedd cael y ffôn yn ôl iddi. O'n i'n gweld y cradur yn gweithio ei hun i fyny i fentro i mewn i'r cwt ac wynebu ei elynion. Caeodd ei lygaid a chymryd anadl fawr eto. Ond doedd gen i'm mynadd aros am y dramatics yma felly neidish i mewn, rhoi gwthiad bach i Wilma a chodi'r ffôn. O'n i rili isio pi-pi.

*

Tra bod y ddrama fawr yn mynd ymlaen tu allan doedd Lew ddim wedi manteisio ar y llonydd o gwbl ond yn hytrach mi oedd wedi bod yn brysur yn y gegin, yn gwagio cypyrddau wrth chwilio am rwbath i fwydo'i ymwelwyr, a phan aethon ni'n ôl i'r tŷ mi oedd y bwrdd yn llawn o duniau samwn, tomatos, spam, cwstard a dau dun efo labeli oedd wedi colli eu lliw, ond allai fod yn sardîns ar un adeg. Do'n i ddim isio meddwl beth oedd dyddiad y pethau yma a doedd yna ddim ffordd o ddeud erbyn hyn. Rhoddodd Ywain ebychiad o arswyd wrth weld bod Lew yn cynnig y gymysgedd yma, ond diolch byth wnaeth Lew ddim sylwi, dim ond straffaglu i agor un o'r tuniau efo goriad oedd yn gneud diawl o'm byd erbyn hyn.

'O, peidiwch trafferthu gneud bwyd i ni, Lew. Mae'r bara brith yna wedi llenwi pawb.' Fy ymgais i i arbed sefyllfa annifyr achos doedd 'na ddim ffordd fysa Ywain na Elffi yn bwyta dim oedd ar y bwrdd yna. Mi oedd rhannu brecwast efo'r ddau y bore hwnnw wedi dangos i mi mor ffyslyd oeddan nhw. Mi oedd y bore'n teimlo'n bell iawn yn ôl rŵan – am ddiwrnod!

'Dim trafferth o gwbl!' mynnodd Lew. 'Sdim lot i ga'l 'ma, flin 'da fi! Huw o'dd fod siopa mish hyn ond rhy fishi 'da'i ben mewn rhyw lyfr 'to.'

Erbyn hyn mi oedd Denise a Rhys yn edrych arna i am achubiaeth hefyd achos doedd spam a sardîns hanner canrif oed ddim yn apelio iddyn nhwytha chwaith!

'Efo'r holl ieir anhygoel yma… dwi'n siŵr bo gynnoch chi wyau, does, Lew?' Cynigais yn ofalus, heb isio ypsetio Lew drwy fod yn anniolchgar.

Stopiodd Lew ymladd â'r tun, fel tae'n cofion sydyn a dyma'r gigl fach hyfryd eto.

'Wel, o's, on'd o's e! Llond lle o wyau i ga'l 'da fi… ond beth 'newn ni 'da nhw, gwedwch?'

'Gadwch hynny i fi a steddwch chi am funud,' meddwn.

Ond, wrth gwrs, wnaeth Lew ddim eistedd. Tra o'n i'n gneud omlet i bawb mi aeth Lew ati i gadw pob un tun yn ôl yn daclus yn y cwpwrdd ac yna dod i sefyll wrth fy ochr i helpu. Doedd dim ots gen i. Mi o'n i'n mwynhau ei gwmni a chlywed y straeon am Beti yn llosgi'r 'pice ar y maen' a'i feio fo am ei drysu hi drwy siarad gormod. Mi faswn i wedi gallu sefyll yna'n gwrando arno drwy'r nos, yn adrodd hanesion Beti a'r fferm. Mi oedd ganddo ddawn i'ch tynnu chi i mewn i'w fyd ac mi allwn weld yn syth pam fysa Huw eisiau dod yn ôl o Gaerdydd i fama.

Wnaeth Lew ddim holi gair am yr helynt efo Elffi a wnes innau ddim sôn chwaith.

Mi oedd bron yn ddeg erbyn hyn a phawb ar lwgu. Doedd Huw byth wedi dod adra ond doedd hyn ddim yn synnu Lew oedd i'w weld fel petai wedi hen arfer â'i fab yn cael ei fwydo ar ffermydd eraill. Dim syndod o weld cwpwrdd bwyd Cwm Gwyn! Mynnodd Ywain fod Lew yn gyrru neges arall iddo. Mi oedd o ychydig yn bwdlyd bod Huw ddim wedi brysio'n syth adra o wybod eu bod nhw i gyd yno ac o'n i'n amau nad oedd Ywain wedi arfer gorfod aros am neb na dim.

'Ma fe'n ca'l lle rhy dda 'da nhw bob tro,' gwenodd Lew. 'A chi'n gwbod shwt un yw Huw, 'i ben yn y gwynt. Dyw e ddim yn gwbod pwy ddiwrnod yw hi hanner yr amser.'

'Y peth "omet" 'ma yn neis, Martha, ond dwi'm yn hoffi bod ni wedi dwyn wyau'r ieir.'

O leiaf mi oedd Elffi wedi'i fwyta a phawb arall wedi ei gladdu hefyd – ac yn ei werthfawrogi o gofio beth oedd yr opsiwn arall!

'"Omlet" dim "omet", cariad, a dyna pam bod ieir yn bodoli. I roi wyau i ni. Pam arall fysan nhw ar y ddaear 'ma? *Ugly things.*'

'Dad!'

Ond doedd dim troi ar farn Ywain am yr ieir ac mi oedd hynny'n destun hwyl eto i bawb o amgylch y bwrdd.

'Diolch, Martha, yr omlet gorau i mi ei flasu ers tro – os nad erioed!' Mi oedd gan Denise duedd i or-ddeud.

'Diolch – braf cael cyfle i goginio. Daf ydi'r *chef* adra. Dwi ddim yn dda iawn.'

'Wi 'di gorfod dysgu ers colli Beti ond ma Huw'n anobeithiol!' meddai Lew, yr olaf i orffen ei omlet.

'Fel fi, felly. Angen i mi gario rhybudd pan dwi mewn cegin, medda Daf. Fysa fo'm yn 'y nhrystio fi i neud tost!' medda fi'n chwerthin ond wnaeth neb arall ymuno, dim ond edrych arna i.

'Odi'r Daf hyn yn bach o dwat, 'te?'

Rhoddodd Denise slap galed i fraich ei gŵr a dwn i'm ai slap am regi 'ta am alw Daf yn dwat oedd hi ond mi oedd Elffi'n gweld yr holl beth yn ddoniol iawn.

Doeddwn i ddim yn siŵr sut i ymateb i sylw Rhys.

'Ym... na... jest nabod fi mae o a gwbod mod i'n reit iwsles yn y gegin. Wel, reit iwsles efo'r rhan fwya o betha, deud gwir. Fel dach chi 'di sylwi, ma siŵr.'

'Nes i chwerthin eto, er dwn i'm pam. O'n i'n gallu teimlo llygaid pawb o amgylch y bwrdd arna i.

'Mae Martha'n mynd i briodi Daf ond dydi o ddim wedi gofyn iddi eto ond pan mae o, dwi'n ca'l mynd i'r briodas fel Black Widow, dydw?'

O'n i'n casáu hyn, bod yn ffocws i'r sgwrs. Diolch byth am Lew.

'Pwy se'n hoffi bach o gerddorieth, 'te?'

'Fi!' meddai Elffi gan anghofio am y briodas fawr ac ychwanegu. 'Ma Martha hefyd ond Ed Sheeran ma hi'n hoffi!'

Diolch, Elffi.

'Wel, wi ddim yn credu bod record Ed Sheeran 'da fi ond ma sawl un arall i ga'l os chi moyn clywed rhai?'

Crychodd Elffi ei thrwyn. 'Record?'

'Ffantastic!' meddai Rhys wedi deffro mwyaf sydyn. 'Dach chi'n gweld y crys T 'ma? Anhrefn 1987. Ma casgliad *vinyl* fi'n anhygoel, on'd yw e, Denise?'

'Odi, cariad,' meddai hi a helpu ei hun i fwy o'r wisgi oedd Lew wedi bod yn ei dywallt i fygiau Ywain a hithau drwy'r nos. O'n i dal ar y dŵr.

Wedi cael ein hel yn ôl fel defaid i'r ystafell fyw, mi agorodd Lew gwpwrdd bach wrth ymyl y ddresel fawr ac yno roedd y *record player*. Doedd Elffi erioed wedi gweld ffasiwn beth a doedd ganddi ddim syniad be oedd hi fod i'w neud efo'r platiau mawr crwn yma. Fwy nag oedd gen i a bod yn onest.

'Gofalus 'da rheina, ferch, dere â fe i fi,' cymrodd Rhys y record yn ofalus oddi wrth Elffi, fel tae'n gafael mewn babi newydd. Mi oedd o wrth ei fodd yn mynd drwy gasgliad Lew, er nad oedd o cystal â'i un fo, wrth gwrs. Rhoddodd Rhys y record ar y peiriant a gosod y nodwydd yn ofalus gyda llygaid barcud Elffi yn ei astudio. Gwenodd Denise arna i a rowlio'i llygaid. Doedd dim gobaith gadael y fferm am sbel rŵan.

Treulion ni'r ddwy awr nesaf yn aros am Huw ac yn gwrando ar y stôr o gerddoriaeth o gwpwrdd bach Lew – yn canu a dawnsio – wel, Denise, Ywain ac Elffi oedd yn dawnsio er mi lusgodd Elffi Lew i fyny i ddawnsio i 'Blodwen a Mary'. Doedd dim angen llawer o berswâd arno ac mi oedd yn gwybod bob gair. Am heno, Lew oedd Ryan a Rhys oedd Ronnie. Yn y casgliad hefyd roedd Hogia'r Wyddfa, Tecwyn Ifan, Jac a Wil, Triawd y Coleg a Tony ac Aloma. Doeddwn i ddim wedi clywed y rhain ers blynyddoedd ac mi aeth â fi'n syth nôl i dŷ Nain. O'n i wrth fy modd yn treulio amser efo hi yn gwrando ar ei hen records ac wedyn yn ei blynyddoedd olaf mi fyddai bob tro yn mynd i nôl yr albym fawr efo hen luniau o'r teulu ac egluro wrtha i pwy oedd pawb unwaith eto, achos do'n i byth yn cofio. Neu ella mod i go iawn ond mod i'n mwynhau clywed Nain yn deud hanes pawb. Nain, mam Dad... ac yn y foment yna feddylis i fwya sydyn – yr holl hanes teuluol yna, y gwreiddiau oeddwn i wedi cydiad yn dynn ynddyn nhw ar hyd fy oes... celwydd oedd o i gyd... Am y tro cyntaf ers cael gwybod, mi o'n i'n flin efo Mam a Dad. Doeddwn i ddim yn perthyn o ran gwaed i'r bobl 'na yn y lluniau. Lluniau oedd Mam a Dad wedi 'ngweld i'n eu dangos gymaint o weithiau yn yr ysgol, pan o'n i'n blentyn, wrth neud y cyflwyniadau erchyll yna! 'Fy nheulu' o'n i'n ddewis bob tro. Yn Saesneg, Cymraeg a Ffrangeg! Do'n i ddim isio bod yn flin efo nhw ac o'n i wedi blino. Do'n i ddim am wastraffu fy egni, ddim rŵan, am wedi hanner nos yng Nghwm Gwyn wrth gael parti bach a neb yn ffraeo am unwaith. Felly, 'nes i gadw'r emosiwn bach yna yn y bocs efo'r gweddill.

Mi oedd Elffi yn cael modd i fyw, a'r clogyn byr Wonder Woman yn berffaith i ddawnsio ynddo. Gwirionodd pan glywodd hi 'Tri Mochyn Bach' Tony ac Aloma a phan ofynnodd i gael ei chlywed hi am y pumed tro mi benderfynais i fynd i'r lle chwech. Eto. Gan fod Rhys wedi bachu yr un lawr grisiau mi gynigodd Lew i mi ddefnyddio'r un i fyny'r grisiau. Ar ôl cyfarwyddiadau manwl iawn (efallai ei fod o'n gwybod mod i'n mynd ar goll mewn cwpwrdd) mi es i fyny'r grisiau efo'r carped brown tywyll.

Ar ben y grisiau mi oedd yna bedwar drws a'r pedwar wedi cau. Cadw gwres fyddai Nain yn ddeud. Yr ail ddrws ar y chwith, meddai Lew, felly i mewn â fi i'r stafell molchi fach. Doedd dim cawod yma, dim ond bàth lliw gwyrdd golau efo sinc a thoiled yr un lliw. Mi oeddwn i'n synnu eto efo glendid y lle i feddwl bod dau ddyn yn byw yma, mi oedd y stafell molchi yn sgleinio fel gweddill y tŷ. Dwn i'm pam o'n i'n meddwl fel'na chwaith achos mi oedd Dad a Daf yn cadw lle dipyn glanach na fi!

Ta waeth, wrth ochr y sinc mi oedd yna gwpan blastig las yn dal tri brwsh dannedd. Tri. Lew, druan. Er bod 'na dair blynedd ers colli Beti mi oedd o wedi methu lluchio ei brwsh dannedd hi.

Steddish i ar ochr y bàth am ychydig. Mi oedd fy mhen i'n troi eto a blinder y dyddiau dwytha yma'n llethu. Mi oedd rhwbath am y tŷ yma, y fferm, y tir. O'n i'n teimlo rhyw gysylltiad â'r lle, fel taswn i wedi bod yma o'r blaen, ond doeddwn i ddim. Oedd 'na arwydd yn hynny? Be oedd o'n feddwl? Ai Huw felly oedd...? 'Nes i gau fy llygaid i drio gweld wyneb Huw yn y llun ar y dresel. Oedd yna unrhyw debygrwydd? Iddo fo? I Lew? Ella bod yna rwbath bach ond eto mi oeddwn i mor debyg i Mam mi oedd yn anodd deud ond ella... yn y wên. Oedd 'na rwbath? Neu ai blinder oedd yn gneud mi weld pethau?

Cyn mynd yn ôl i lawr grisiau i ailymuno yn y parti oedd yn ei anterth bellach, mi es i i grwydro ychydig. I'r dde o'r grisiau mi oedd dau ddrws – un o'r rhain yn arwain i stafell Lew a Beti, am wn i, wedyn ym mhen pellaf y landin ar y chwith mi oedd yna ddrws efo llun tractor arno a'r enw Huw uwch ei ben. Yn amlwg mi oedd wedi bod yno ers hanner can mlynedd – a mwy. Prin bod posib gweld y tractor ond mi oedd yr enw yn glir. Be ddiawl oedd ar ddyn yn ei chwedegau yn cadw hwnna ar ei ddrws? Ond, o hynny o'n i 'di ddallt gan Lew mi o'dd yr Huw 'ma'n swnio fel bach o freuddwydiwr. Doedd o'm 'di sylwi bod o'n dal yna ma siŵr. Cerddais ar hyd y landin yn dawel bach er bod y sŵn o lawr grisiau yn ddigon i guddio unrhyw fusnesu digywilydd. Dwn i'm ai'r blinder 'ta chwiw wirion mod i'n teimlo cysylltiad teuluol â'r lle wnaeth i mi agor y drws efo enw Huw arno, ond dyna wnes i. Agorais y drws a sleifio i mewn yn sydyn a'i gau ar fy ôl. Fues i erioed yn rebel ac roedd gneud hyn ar lefel arall yn llwyr i fi. Mi allwn i deimlo 'nghalon i'n mynd mor sydyn doedd dim rhaid i mi edrych ar unrhyw app ar fy ffôn i ddeud hynny wrtha i.

Busnesu sydyn ac wedyn awê, meddyliais. Mi rois y golau ymlaen a be darodd fi yn syth oedd bod y stafell yma ddim mor lân â gweddill y tŷ ond, dyna ni, mae'n siŵr bod Lew yn gwrthod llnau stafell ei fab ac yntau yn ddigon hen i edrych ar ôl ei hun! Mi oedd Huw yn ateb y stereoteip o ddyn blêr, ro'n i'n amau.

Fysa rhywun byth yn deud mai stafell dyn yn ei chwedegau oedd hon. Mi oedd hi'n debycach i'n stafell i yn nhŷ Mam a Dad adra a finna heb drafferthu ei newid hi ers mynd i'r brifysgol, er eu bod nhw 'di swnian i mi neud.

Ar waliau ystafell wely Huw mi oedd yna boster 'Cymru am Byth', poster o'r gerdd 'Cilmeri' a 'chydig o gerddi eraill, posteri bandiau doeddwn i ddim yn eu nabod – pob un yn edrych yn debyg, efo gwalltiau hir, dillad tywyll a gwynebau fel tasan nhw mewn poen, llun o ryw foi oedd yn chwarae rygbi, doeddwn i'm yn nabod hwnnw chwaith, ond ma'n rhaid ei fod o'n bwysig i gael llun ohono. Wedyn llun o dîm rygbi mwy lleol... ella bod Huw yn hwn ond allwn i ddim mo'i weld a doeddwn i ddim isio bod yna yn rhy hir. Os nad oedd Huw am gyrraedd nôl heno mi oeddwn wedi perswadio fy hun ei fod o'n iawn i mi ddod i'w nabod o'n well a pha ffordd well na hyn? Gwaith ymchwil oedd hyn, dyna i gyd. Mi oedd yn amlwg yn hoffi rygbi a cherddoriaeth, neu beth bynnag oedd y bobl mewn poen yn licio. Roedd o'n Gymro balch ac yn caru darllen achos mi oedd yna lyfrau ym mhob twll a chornel o'r stafell 'ma. Prin bod modd gweld y carped oni bai am un llwybr cul drwy'r pentyrrau o lyfrau rhwng y gwely a'r cwpwrdd.

Doedd bosib ei fod o wedi darllen y rhain i gyd? Ond eto mi o'n i'n teimlo nad llyfrau 'er sioe' oeddan nhw, fel hanner y rhai oedd yn ein tŷ ni, ac mi wnaeth Lew sôn bod ei fab â'i ben mewn llyfr trwy'r amser. Wrth y gwely mi oedd yna dri llyfr ac ar ben y pentwr roedd *On the Road* gan Jack Kerouac. Am ryw reswm mi dynnais i lun y llyfr hwn.

Ar ben y gist ddroriau, oedd yn syrthio'n ddarnau wrth ei golwg, mi oedd mwy o lyfrau: *How To Be a Writer, Top Tips for Budding Writers*, *The Art of Storytelling* yn eu plith. Mi ddudodd Ywain bod Huw yn sgwennu dipyn pan oedd o yng Nghaerdydd. Gobeithio ei fod o wedi cario mlaen – mi oedd o'n amlwg yn teimlo'n angerddol am y peth. Mi o'n i'n siŵr bod yna ochr greadigol i finna hefyd, wel, mi oedd yna pan o'n i'n 'rysgol, tan i chwaraeon gymryd drosodd. Ond roedd o'n dal yna, dwi'n siŵr. Yn rhywle. Ella mai dyna oedd yn ein cysylltu ni.

Mi oedd y drôr uchaf o'r tri yn gilagored. Fyswn i ddim wedi ei agor fel arall a taswn i'n gwybod be oedd yno, mi fyswn wedi gadael yr eiliad yna. Doedd 'na'm rhyfedd mod i'n methu gneud penderfyniadau – ro'n i bob amser yn gneud yr un anghywir. Mynd i gau y drôr yn daclus wnes i ond wrth ei agor mi welis i focs mawr gwyn – hen focs ar gyfer bŵts ella. Doedd dim byd arall yn y drôr. Wel, mi o'n i wedi cychwyn rŵan, doeddwn? Mi estynnais y bocs gwyn a chodi'r caead. Yno, roedd sawl pecyn taclus o gardiau cydymdeimlad gyda rhuban lliw coch am bob un. Bechod. Mi oedd y galar yn y tŷ 'ma'n dal yn amrwd. Mi oedd Beti'n ddynes boblogaidd iawn, meddyliais, wrth weld cymaint o gardiau ac mi oedd Huw a'i fam yn agos os oedd o wedi eu cadw nhw i gyd fel hyn. Roedd Mam yn cadw pob taflen gwasanaeth angladdau. Ro'n i'n ei weld o'n morbid uffernol fy hun. Yn ofalus mi lusgais un o'r cardiau allan a'i ddarllen: 'Meddwl amdanoch yn eich colled drist.' Gwreiddiol. Er dwi byth yn gwybod be i ddeud mewn cardiau cydymdeimlad. Dyna pam fydda i'm yn eu gyrru nhw.

Estynnais gerdyn arall gan ddisgwyl darllen yr un neges mewn ysgrifen wahanol, ond y tro hwn, mi welais y neges yma, mewn ysgrifen daclus ofalus: 'Rwy'n torri 'nghalon drostoch chi'ch dau o wybod am eich colled drist. Alla i ddim dirnad y boen o golli mab. Roedd Huw yr anwylaf o blant Duw. Pob bendith...'

Mi oedd yna fwy ond 'nes i'm darllen ymlaen. Mi ollyngais yr ebychiad fwyaf ac yna fe ollyngais y bocs. 'Shit,' meddwn o weld cynnwys y bocs mor flêr ar y llawr. Plygais i drio rhoi popeth nôl yn y bocs ond mi o'n i'n gneud pethau'n waeth. Mi oedd mwy o'r cardiau wedi dod allan o'r pecynnau a doedd gen i'm clem i ba becyn oeddan nhw'n perthyn. Oedd 'na drefn? Ynghanol y cardiau mewn un llanast ar y llawr, mi oedd 'na daflen gwasanaeth hefyd. Er mod i'n gwybod y gwir erbyn hyn, edrychais ar y daflen yn y gobaith mod i'n anghywir. Yn fawr ar y daflen, roedd y wên falch. Yr un wên falch ag oedd yn y llun graddio ar y ddresel lawr grisiau ac yna'r ysgrifen, 'Huw Lewis Evans 12.02.1961 – 12.02.2001'.

Marw ar ei ben-blwydd yn bedwar deg, meddyliais, ar ôl gneud y maths yn sydyn. Am uffernol! Ond mi oedd pethau'n dechrau gneud synnwyr rŵan wrth gwrs... y lluniau ar y ddresel, esgusodion dros absenoldeb Huw ac wedyn Beti, druan... wedi blino, meddai Lew. Wedi colli mab a nhwthau 'di aros mor hir amdano... ond sut? Mi o'n i isio gwybod mwy ond doeddwn i ddim yn mynd i allu holi Lew achos doedd o'n amlwg ddim am i ni wybod. Cansar? Y galon? Ar lefel gwbl hunanol mi o'n i isio gwybod sut, rhag ofn... rhag ofn bod 'na gysylltiad teuluol... Trois y daflen drosodd i weld at bwy oeddan nhw'n casglu arian achos mae hynny yn gliw fel arfer, a fanno welais i: 'Diolchwn yn garedig am unrhyw gyfraniad tuag at Mind Cymru.'

On i'n teimlo'n sic. Ac isio gadael. Ddylwn i ddim 'di dod i mewn yma. Doedd gen i ddim hawl gwybod manylion preifat y teulu yma jest achos mod i'n cael creisis bach. Lluchish i bob dim yn ôl yn y bocs yn flêr, ei gau yn sydyn, ei roi yn y drôr a chau hwnnw. Gadawes yr ystafell gan beidio edrych ar ddim byd oedd yn y stafell. Mi oeddwn i'n gallu teimlo'r twllwch a'r poen ym mhob dim o'n i'n ei weld yna rŵan – y lluniau, y llyfrau a'r haen amlwg o lwch oedd dros bob dim. O'n i'n teimlo fel mod i wedi cerdded dros ei fedd ac o'n i'n casáu fy hun. Sorri, Huw. Dwi mor sorri.

Mi 'nes i frysio i lawr y grisiau a dod wyneb yn wyneb â Lew ar y gwaelod. Beryg bod fy ngwyneb innau'n methu cuddio cyfrinachau chwaith achos pan ddaliodd o'n llygaid i, mi oedd o'n gwybod mod i'n gwybod... ac am y tro cyntaf mi welais i'r boen yn ei lygaid yntau. Mi oedd o mor amlwg rŵan. Mi oedd Lew wedi gwenu cymaint ers i ni gyrraedd a'i wên yn llenwi ei wyneb a'i lygaid bach yn diflannu'n llwyr. Dim ond rŵan o'n i'n gweld. Llygaid llawn poen a galar o golli mab a gwraig. O'n i ar fin chwdu sorris ac esgusodion lu mod i'n berson mor hunanol a busneslyd pan wenodd Lew yn annwyl arna i a diflannodd ei lygaid unwaith eto.

'Dewch, bach. Ma'n nhw 'di dechre 'da'r *Strictly* nawr a ma'n nhw moyn i chi a fi i fod yn *judges*. Er sai'n gwbod pam wi ddim yn ca'l bod yn un o'r *dancers* whaith. O'n i arfer bod yn dipyn o Fred Astaire,' a mewn â fo i'r stafell fyw gan adael sŵn ei gigl bach ar ei ôl. Dilynais Lew.

Yn ôl efo'r gweddill mi oedd y parti wedi tawelu ychydig wrth i'r cyplau pwysig geisio dawnsio'r Waltz i 'Pan Fyddo'r Nos yn Hir' gan Ryan. Doedd gen i ddim syniad a oedd unrhyw un yn gwybod be oedd Waltz go iawn ond mi oedd yna ddigon o droi a *thrio* cyd-symud yn digwydd. Mi oedd Rhys a Denise i weld yn deall be oeddan nhw'n ei neud yn well nag Ywain ac Elffi ond wrth gwrs mi oedd rhaid i Lew a finna roi '10' i Elffi a hithau'n gwirioni bob tro. Doedd Rhys ddim yn gwirioni gymaint.

Mi oedd yr ystafell yma yn teimlo'n wahanol rŵan hefyd. Bob dim am y lle yn llai ac yn drymach rywsut. 'Nes i ddewis eistedd ar lawr efo 'nghefn at y ddresel ac er mod i'n dal i deimlo'n sic ac isio neidio yn y car a gadael, edrychais ar Lew oedd yn dysgu ambell 'step' i Elffi a 'nes i benderfynu cau 'ngheg.

'Mae'n un o'r gloch bore! Ble yffach ma'r Huw 'ma?' gofynnodd Rhys ar ôl cael '8' siomedig gan y beirniaid eto.

'Mi ddaw,' medda fi, gan edrych ar Lew a gwenu arno. 'Mi ddaw.' Os oedd Lew yn gallu cario mlaen efo'r sioe, wel, dyna'r peth lleia allwn i neud.

'Wi'n siŵr bod wejen 'da fe rwle, Lew! Reit syrt!' ychwanegodd Rhys gan wincio ar Lew.

Gwenodd Lew, 'Falle wir. A falle bo nhw'n neud Waltz bach yn rhwle 'fyd.'

'Hy. Nage Waltz wi'n galw fe!'

A gafodd Rhys slap arall gan ei wraig cyn iddi ei lusgo'n ôl i ddawnsio efo hi.

Yn raddol mi flinodd pawb. Rhys oedd y cyntaf i ddisgyn i gysgu ar y soffa. Wedyn Elffi, ond doedd Denise ddim yn bell ar ei hôl hi. Aeth Ywain allan i ffonio rhywun ac er mod i wedi holi a oedd popeth yn iawn pan ddaeth yn ôl i mewn, doedd o ddim am rannu, ond mi oedd yn amlwg o'i dymer nad oedd popeth yn iawn. Aeth at Elffi a'i chodi ar ei lin cyn syrthio i gysgu hefyd o fewn dim. Cyn mynd i'w wely ei hun mi afaelodd Lew yn y ddwy flanced oedd ar y cadeiriau a'u rhoi dros bawb. Gwên fach arall a fyny â fo i'w wely.

'Nos da, bach,' meddai wrth gau y drws.

Ond allwn i ddim cysgu. Edrychais i drwy'r ffenest drwy'r nos yn disgwyl i'r haul godi. Ac roedd o'n blydi hir yn dod.

★

Chysgodd neb rhyw lawer rhwng y wisgi, y soffa i dri efo pedwar arni hi, a'r oerfel, er y flanced. Erbyn tua chwech o'r gloch, mi oeddan ni i gyd yn barod i fynd, Ywain yn fwy na neb ond mynnodd y gweddill ohonom bod rhaid i ni ddisgwyl i Lew godi ac na allen ni fynd heb ddeud dim. Hanner awr wedi chwech ar y dot mi ddaeth Lew i mewn.

'Brecwast? Wi ddim yn fytwr mawr yn y bore ond mi ffinda i rwbeth i chi nawr.'

Neidiodd pawb ar eu traed, pob un am y cyntaf efo'u hesgusodion pam nad oedd amser am frecwast a bod angen i ni fynd.

'A, 'na drueni…' Mi oedd y siom yn amlwg ar wyneb Lew.

'Oooo,' oedd ymateb Elffi hefyd oedd wedi rhedeg yn syth at Lew i'w gofleidio y munud soniwyd am adael.

''Na fe, ma pethe 'da chi i neud wrth gwrs. A finne 'fyd! Wi'n ddyn bishi. Pwy ti'n meddwl sy'n mynd i fwydo Jaci Soch Un a Jaci Soch Dau a'r holl ieir 'na? Wi ddim yn credu fydde dy dad moyn helpu, fydde fe?' gan ennyn gwên gan Elffi wrth i Lew giglo eto yn cofio dramatics Ywain a'r iâr.

'Biti mowr bo ni wedi colli Huw,' meddai Denise 'Rhys! Rho dy rif ffôn i Lew ga'l ei roi i Huw. Ma isie i ti neud mwy o ymdrech i gadw mewn cysylltiad!'

'Ie, oréit!' Ysgrifennodd Rhys ei rif yn sydyn ar ddarn o bapur a mynd â fo i Lew gan sibrwd yn dawel heb i Denise glywed.

'Dwedwch 'tho fe mod i'n gweud helô a gobeithio ei bod hi werth e nithwr.'

'Reit, car!' medda fi, yn fwy na pharod i adael erbyn hyn.

★

Tu allan, mi oedd pawb arall wedi llwytho yn gwynfanllyd i'r car. Ywain a Rhys yn y tu blaen a Denise ac Elffi yn y cefn. Mi o'n i'n dal wrth y drws efo Lew. Mi rois i ddarn o bapur iddo efo fy rhif symudol, rhif y tŷ a rhif yr ysgol rhag ofn ei fod angen cael gafael arna i rywbryd. Cadwodd y darn papur yn ofalus iawn yn ei waled. Er mod i'n torri mol isio mynd, mi oedd hi'n anodd gadael. Ddudon ni ddim byd wrth ein gilydd am sbel, dim ond sefyll yna. Yna gafaelodd Lew yn fy llaw ac edrychodd i fyw fy llygaid.

'Ddewch chi'n ôl, gwnewch? Ddewch chi'n ôl, bach?'

Gwenais arno, rhoi cusan fach ar ei law a mynd i'r car.

Mi oedd hi wedi goleuo erbyn i ni adael a diwrnod braf ar ei ffordd. Gallwn weld am filltiroedd ac roedd y môr i'w weld yn bellach na phan gyrhaeddon ni. Nid ehangder o'n i'n ei weld yma rŵan ond unigrwydd. Dim anadlu oedd Huw yn ei neud yma ond mygu. O'n i'n gweld llygaid y dyn ifanc ar y tractor a dim balchder o'n i'n ei weld ond pwysau pum cenhedlaeth. Yn sydyn mi ddechreuish i grio, a dim crio tawel chwaith. Y crio mwyaf swnllyd dwi 'di neud erioed. Estynnodd Denise ei llaw a gafael yn fy llaw innau ac mi afaelodd Elffi yn y llall. Dwn i'm a o'n i'n crio drosta fi'n hun, dros Lew 'ta dros Huw, ond pa hawl oedd gen i i grio dros rywun do'n i ddim yn ei nabod? Ond crio 'nes i. Crio hyll iawn. Yn sydyn daeth Tony ac Aloma a'r 'Tri Mochyn Bach' i foddi fy sŵn a gwên falch ar wyneb Elffi ei bod hi wedi llwyddo i ffeindio'r gân ar Spotify i neud i fi deimlo'n well. Diolch, Elffi. Petaen ni mewn ffilm mi allai'r olygfa yma fod yn un emosiynol, ddirdynnol mewn *slow motion* a rhwbath fel 'Pan Fyddai'r Nos yn Hir' yn y cefndir. Ond dim ffilm oedd hi yn anffodus. 'Tri Mochyn Bach', crio hyll a hitio pob twll ar hyd y lôn oedd ein golygfa ni.

''Na'i ffindio Ed Sheeran i chdi os tisio?' Cynigodd Elffi wrth weld nad oedd 'Tri Mochyn Bach' yn helpu dim.

'Dim diolch,' atebais innau rhwng ebychiadau o grio, 'fydda i'n iawn rŵan,' er bod dim arwydd o hynny.

Yn sydyn roedd rhyw sŵn od wrth fy ymyl.

'Elffi! Be o'dd hwnna?' gwaeddodd Ywain o'r tu blaen.

'Dim byd,' meddai Elffi, a'i gwyneb bach hi, unwaith eto, yn bradychu'r gwirionedd.

'Stopia'r car 'ma Rhys! Rŵan!'

Stopiodd Rhys y car heb syniad be oedd yn mynd mlaen. Trodd Ywain i edrych ar ei ferch.

'Ga'i weld?'

Yn araf bach agorodd Elffi ei chôt ac yno yn swatio yn hapus oedd Wilma... ella... un o'r ieir beth bynnag.

'Jini Mê! Allan! Rŵan!'

Er protestiadau Elffi, gadael Wilma yng Nghwm Gwyn oedd rhaid a chytuno i adael i Elffi ddewis y gerddoriaeth oedd yr unig ffordd i'w chael hi i neud.

Wrth adael Cwm Gwyn yn sŵn Tony ac Aloma sibrydodd Elffi yn fy nghlust,

'Dwi'n meddwl bod Lew a Huw wedi ffraeo achos 'nes i sbio ar ffôn fo a dydi Huw ddim wedi ateb dim un neges ers amser hir.'

Gafaelais yn dynnach yn ei llaw ac edrych drwy'r ffenest.

Wrth i ni ymuno â'r brif ffordd mi o'n i'n siŵr mod i wedi gweld y car du yna eto. Y tro hwn wedi parcio gyferbyn â'r groesffordd. Lle rhyfedd i barcio, meddyliais. Daliais lygaid Denise ac mi oedd hithau hefyd wedi sylwi ar y car.

'Reit, 'te, le ni'n mynd nawr?' gwaeddodd Rhys.

Ac o'n i wir isio deud 'adra'.

RŴAN

CYFADDEF

Mae Martha'n ymgolli yn sŵn mwy o ddadlau rhwng PC Gareth Williams a PC Teresa Evans ac mae hi'n siŵr bod y ddau wedi anghofio ei bod hi'n eistedd yna.

'Ma rhaid i ni reportio fo siŵr! Mae hyn yn hiwj efo'r crys T 'na yn waed i gyd!'

'Cymra bum munud, Gareth bach, rhag ofn i chdi grio. Eto!'

'Oooo. *Low blow, Teri, low blow.*'

'Faint o weithia dwi 'di deud 'tha chdi i beidio 'ngalw fi'n Teri?'

'A faint o weithia dwi 'di deud 'tha chdi i beidio byth sôn am y crio eto?'

O'r diwedd mae'r ddau yn cymryd saib wrth iddyn nhw benderfynu a ydyn nhw eisiau ail rownd neu beidio.

'Yli, Gar, wrth gwrs 'nawn ni ddeud ond meddwl amdano fo'n iawn, 'ŵan. Lle ma pawb ar y funud?'

'Be ti'n feddwl?'

'Staff ni i gyd. Wilkins 'fyd, ma siŵr?'

'Ym, lawr traeth.'

'Yn union. Yn ei chanol hi'n trio clirio'r traeth, hel tystiolaeth, delio efo'r wasg. Ti'n meddwl fysa Wilkins yn diolch i ni tasa ti'n ffonio fo i ddeud bo chdi'n methu gneud cyfweliad syml heb iddo fo afael yn dy law di?'

Mae Teresa yn gwybod yn iawn sut i droi ei phartner rownd ei bys bach. Mae Gareth yn meddwl yn galed cyn ateb. Mae o'n torri'i fol isio ffonio Wilkins i ddweud ei fod o wedi darganfod y dystiolaeth bwysig allai ddatrys yr achos mwyaf yn yr ardal ers blynyddoedd (er mai nid fo wnaeth a bod yn gwbl onest). Gall Gareth weld ei hun yn arwain yr achos hyd yn oed ond... ond eto dydi o ddim isio ymddangos yn annigonol.

Sylwa Teresa fod ei geiriau yn cael effaith ar Gareth – bron ei bod hi'n teimlo bechod drosto. Bron.

'Yli. 'Nawn ni reportio hyn munud fydd gynnon ni rwbath pendant i ddeud. Ar hyn o bryd, 'dan ni'm yn gwbod dim byd, nadan? Heb arestio neb. Felly, gad ni hel mwy o wybodaeth fel bo ni'n gallu *dazzlo* nhw efo'n sgiliau ymchwiliadol.'

Mae'n gwybod ei bod hi wedi mynd bach rhy bell efo'r frawddeg olaf. Mae hi'n eithaf siŵr ei bod hi wedi creu gair newydd ond mae'n gweithio ar Gareth, druan.

'Iawn,' meddai o'r diwedd fel plentyn pwdlyd. 'Ond sut 'dan ni'n mynd i wybod mwy a hithau'n deud dim byd!'

Mae Gareth yn iawn. Dydi Martha Roberts ddim wedi dweud gair o'i phen ers gadael y tŷ. Mae hyn yn gofyn am sgiliau arbenigol PC Teresa Evans. *Dig deep love.* Mae'n troi'r tâp ymlaen a phwyso tuag at Martha.

'Reit, Martha. Mae hyn yn dechra mynd yn wirion 'ŵan, dydi, boi? Neithiwr. 'Dan ni'n ca'l galwad gan dy dad i fynd i jecio'r tŷ am fod Mr Stewart wedi bod yn dy fygwth di. Heddiw, 'dan ni'n troi fyny yn y tŷ, gan fod dy dad wedi gofyn eto i ni neud yn siŵr bo chdi'n iawn ac mi wyt ti'n eistedd yna, yn amlwg mewn trawma, ac mae yna grys T gwaedlyd ar y llawr. Mae'r crys T yna yn cael ei brofi rŵan a fydd hi ddim yn hir cyn y byddan nhw'n gallu deud gwaed pwy ydi o. Achos dim dy waed di ydi o, naci?'

Dim ateb.

Mae Gareth yn penderfynu trio.

'Be ma hynna i gyd yn ddeud wrthach chi, Martha?'

Mae Martha yn edrych yn syth ar PC Gareth Williams ac mae hynny'n gwneud iddo bwyso yn ôl yn ei gadair.

'Dwi 'di ladd o,' medda Martha yn bwyllog a phob gair yn adleisio o un wal oer i'r llall.

'Yn union, Martha, dyna'n union sut mae o'n edrych, yn de, felly, siaradwch efo ni.'

'Dwi 'di ladd o,' medda Martha am yr eilwaith. Dydi Teresa ddim yn gallu coelio be mae hi'n ei glywed ac mae Gareth yn dal heb ddeall.

'Dudwch wrthon ni be ddigwyddodd fel bo chi'n cael mynd adra, Martha.'

'Gwrandwch 'newch chi, ddyn!' gwaedda Martha yn y diwedd. 'Dwi 'di deud 'thach chi! Dwi 'di blydi ladd o!'

CYNT

LLYN

Rhywsut mi oeddan ni ym Machynlleth. O'n i wedi cysgu? Ella. Neu wedi diflannu i fy myd fy hun achos mi o'n i'n gneud hynny weithia. Beth bynnag, doedd gen i'm cof o fynd drwy Aber a doedd gen i'm clem i le oeddan ni'n mynd, ond o leia oeddan ni'n mynd i'r cyfeiriad iawn. Yn nes at adra.

Roedd hi'n fora braf ac o'n i'n damio mod i wedi colli gweld y môr. O'n i wrth fy modd ar y daith i fyny o Geredigion ar hyd yr arfordir, yn mynd drwy Aberaeron a gweld y tai bob lliw. O'n i'n cofio'n blentyn bob gwyliau haf, mi fysan ni'n mynd lawr i Ddinbych-y-pysgod ac mi oedd gen i restr o bethau o'n i'n edrych ymlaen at eu gweld ar y ffordd i neud i'r daith fynd yn gynt a'r tai bach lliwgar yn Aberaeron oedd y peth olaf ond un arni ac yn arwydd ein bod ni dros hanner ffordd. Cofio Dad yn deud rhyw stori fawr bod dwy enfys wedi cyffwrdd ei gilydd ac wedi gollwng eu lliw dros y lle. O'n i'n dal i hanner coelio hynny ond welais i'r un tŷ pinc na melyn heddiw.

Beryg na welodd Elffi y tai chwaith, druan, a barnu wrth y sŵn wrth fy ochr. Doeddwn i 'rioed 'di clywed plentyn yn chwyrnu mor swnllyd. Rhaid bod dawnsio ar y ffarm wedi bod yn ormod i'r gradures. Mi oedd pawb yn dawel wrth i'r car droelli braidd yn rhy sydyn o amgylch corneli Corris.

Denise yn ei byd hithau tu hwnt i'r ffenest ond y byd hwnnw'n un braf, ma'n rhaid, achos mi oedd ganddi wên fodlon ar ei hwyneb. Neu ella mai gwerthfawrogi'r tawelwch oedd hi.

Do'n i ddim yn gallu gweld wyneb Ywain felly do'n i'm yn gwybod sut fyd oedd yr un tu hwnt i'w ffenest o. Mi oedd Rhys yn canu'n dawel i rwbath ar y radio ond mi oedd wedi troi'r radio i lawr achos do'n i'm yn gallu clywed y gân. Mi oedd o i'w weld yn mwynhau ei hun, wedi cael dewis y gerddoriaeth am unwaith. Wrth i ni ddod i lawr at y troad am Dywyn am ryw reswm, o nunlla, mi weiddish i 'Tro fama!' Braidd yn rhy uchel achos mi ddeffrôdd pawb o'u breuddwydion ac edrych arna i'n syn.

'Yffach, ferch, ti'n trial rhoi harten i fi!' meddai Rhys, gan edrych yn y drych mewn penbleth a throi am Dywyn heb brotestio. Wnaeth neb brotestio llawer. Rhyw daith fel'na o'dd hon yn amlwg, neb efo nunlla i fod.

Ar ôl gofyn i Rhys barcio ger y llyn, es i allan o'r car, tynnu'r rhan fwyaf o 'nillad a neidio i mewn i'r dŵr. Glywes i ryw weiddi tu ôl i mi, rhwbath tebyg i 'Martha! Ti'n iawn? Martha! Ti'm yn gall!' yn mynd yn bellach ac yn bellach i ffwrdd wrth i mi blymio i'r llyn oer. Nofio a nofio a nofio a boddi'r lleisiau i gyd ac am y tro cyntaf ers dyddiau, mi o'n i'n teimlo fel fi fy hun. Er mod i yn nyfnder y dŵr tywyll, o'n i'n gallu anadlu'n well nag o'n i wedi ei neud ers dyddiau, wythnosau ella. Wn i'm am faint fues i yno ond pan godish i 'mhen i weld lle o'n i, mi o'n i dipyn pellach o'r lan nag o'n i'n meddwl. Godish i'n llaw ar wynebau poenus y parti bach (dyna o'n i'n ddychmygu – o'n i'n rhy bell i'w gweld nhw'n iawn) a hynny i ddeud mod i'n hollol iawn i dawelu eu meddyliau. Dwi siŵr mod i wedi gweld Elffi yn gneud ei gorau i 'nilyn i i'r dŵr a'i bod hi wedi cymryd mwy nag un i'w rhwystro hi. Gwenais i mi'n hun a chario mlaen i nofio am ychydig. Do'n i ddim yn barod i fynd yn ôl eto.

Erbyn i mi ddod allan mi oedd y gweddill wedi hen flino aros amdana i ac yn eistedd mewn cylch bach yn cael picnic o ddanteithion o fag mawr melyn Denise. Aeth yn syth i'r un Tardis o fag i nôl towal i mi. Er ei bod hi'n fis Hydref doedd y dŵr ddim mor oer â hynny ond o'n i'n blydi rhewi unwaith o'n i allan! Pan ymunais i efo pawb, mi oedd Rhys ac Ywain yn sgwrsio'n brysur, yn hel atgofion unwaith eto am ddyddiau coleg, a Denise yn canolbwyntio ar neud llun o Elffi efo papur a phensel, oedd hefyd wedi dod o'r bag anhygoel yma. Eisteddais yn eu canol yn ddiolchgar nad oedd yr un ohonyn nhw am fy holi'n dwll am fy moment fach ryfedd, ond wrth i mi gael cyfle i fwynhau'r rhyddhad, mi glywais un llais bach busneslyd!

'Pam 'nest di hynna?' gofynnodd bron heb symud ei gwefusau, gan ei bod hi'n trio aros yn llonydd wrth i Denise greu y llun.

'Am mod i isio,' medda finnau'n gwenu arni ac mi oedd hynny yn gneud synnwyr iddi'n amlwg achos ofynnodd hi ddim mwy.

Er mod i'n ddiolchgar am dowal Denise doedd o ddim yn gneud llawer i 'nghynhesu i ac o'n i wir angen tynnu'r dillad gwlyb, felly ar ôl i Denise orffen ei llun o Elffi – oedd yn debycach i un wedi ei dynnu efo camera (oedd 'na rwbath doedd y ddynes 'ma ddim yn medru neud?) aeth y dair ohonom i'r dafarn wrth ochr y llyn i chwilio am banad i gnesu, esgus i mi ddefnyddio eu lle chwech i newid. Mi oedd Elffi wedi penderfynu bod Wonder Woman angen seibiant bach hefyd.

Erbyn i mi newid i ddillad sych a dechrau teimlo bysedd fy nhraed ar ôl eu dal o dan y sychwr yn y lle chwech, mi ymunais i â Denise a Captain Marvel wrth fwrdd bach yn y gornel. Mi oedd yna debot i ddau a tsioclet poeth mawr efo'r trimins i gyd. I Elffi oedd hwnnw, ma siŵr. Bechod na fyswn i'n hogan bach wyth oed ond prin cau oedd y jîns 'ma ar y funud a do'n i'm isio wastio pres yn prynu rhai mwy. Mi oedd hi'n reit brysur yno ac mi o'n i'n falch o'r sŵn siarad o'n cwmpas. Mae'n rhaid bod sychu 'nhraed wedi cymryd yn hirach nag o'n i'n feddwl achos tra mod i'n gwisgo mi oedd Denise wedi gneud llun arall. Un o Lew y tro hwn ac mi oedd wedi dal y twincl direidus 'na i'r dim. Doedd y boen yn ei lygaid ddim yna diolch byth.

'Ti'n nofwraig gryf,' meddai Denise wrth dywallt y te – oedd 'di bod yn sefyll braidd yn rhy hir hefyd.

'O'n i'n nofio dipyn pan o'n i'n 'rysgol a'r brifysgol ond dwi'm yn gneud llawer erbyn hyn. Job ca'l amser,' meddwn innau er do'n i'm yn siŵr ai dyna pam do'n i'm yn mynd bellach.

'Odi Dafydd yn nofio?'

'Ha, nadi! Drish i ddysgu fo nofio pan o'ddan ni ar wyliau unwaith ond o'dd o'n mynd lawr fel bricsan bob tro.'

Gwenodd Denise a syllu'n hir i'w phanad.

'Wel, paid colli dy hunan, Martha,' meddai heb dynnu'i llygaid o'i phanad. Do'n i ddim yn meddwl mai efo fi oedd hi'n siarad. Doedd bosib bod y ddynes ffantastig yma wedi colli ei hun dros y blynyddoedd. Welais i 'rioed gwpwl mor wahanol i'w gilydd â hi a Rhys. Ella mai Rhys oedd wedi colli ei hun, meddyliais.

Edrychodd Denise arna i ac efo fi oedd hi'n siarad rŵan.

'Caria di mlaen i nofio.' Gorchymyn oedd hwn, nid cyngor.

Dros yr hanner awr nesaf, a hithau'n cael llonydd gan ei thad mi oedd pen Elffi ar fy ffôn yn chwarae gêm tra bod

Denise wedi gweld ei chyfle hithau i gael 'chydig o lonydd hefyd. Mi oedd gen i ofn mod i am gael fy holi'n dwll am y daith hurt yma, wedi'r cyfan doedd y gradures byth ddim callach pam ein bod ni'n chwilio am griw coleg Rhys. Ond diolch byth, gweld ei chyfle i fwrw ei bol am Rhys wnaeth hi, nid i fy holi i.

'Ma fforti *years* yn dipyn o amser 'da un person, ti'm yn credu?'

'Wow, yndi, llongyfarchiada,' medda finna er bod dim golwg isio dathlu arni.

'Dyna beth ma pawb yn weud – llongyfarchiade. Fel 'sen i 'di ennill y lotto neu rwbeth.'

Wedyn mi aeth hi ymlaen mewn manylder am eu priodas ond erbyn hyn mi oedd hi'n uffernol o swnllyd yn y dafarn a chriw mawr parti pen-blwydd chwe deg newydd landio. Do'n i'm yn clywed hanner be oedd Denise yn ei ddeud ond mi 'nes i ddallt bod petha yn arfer bod yn gyffrous ond doeddan nhw ddim rŵan. Grêt, meddyliais – pyb llawn dop ac mae hon isio sgwrs am ei secs leiff. Edrychais i ar Elffi rhag ofn ei bod hi'n clywed pethau na ddylai hi, yn well na fi, ond roedd ei phen hi'n dal yn y ffôn. 'Nes i ddallt rhwbath am orfod gwerthu'r caffi oherwydd rhyw Paul a rhwbath am 'sbarc' ond 'nes i'm dallt oedd unrhyw beth 'di digwydd rhwng Denise a Paul. Damia pwy bynnag oedd yn chwe deg oed heddiw – o'n i isio clwad be oedd Denise yn ei ddeud a be yn union oedd 'di gneud y ddau briod mor ffed yp efo'i gilydd! O'n i'n dal ambell i air ac yn nodio weithiau ond doedd gen i'm syniad efo be o'n i'n cytuno. Mwyaf sydyn mi aeth yn dawel dros bob man jest fel oedd Denise yn codi'i llais i ddeud,

'Ma angen y tingl, on'd o's e? Ti'm yn credu?'

O'n i'n gallu teimlo llygaid pawb yn y parti arna i a dwi'n siŵr eu bod nhw i gyd yn disgwyl am f'ateb.

'O, oes,' medda fi yn sydyn, 'Tingl *all the way*. Awn ni, ia?'

Edrychodd Denise yn rhyfedd arna i cyn i'w chwerthin lenwi'r lle, 'Tingl *all the way*. Ti'n seren, Martha. Reit, off â ni, 'te! Cym on, Captain America.'

'Captain Marvel!' atebodd Elffi yn codi o'i sedd ond heb godi ei ben o'r ffôn.

'Well i mi gael hwnna'n ôl, Captain Marvel,' medda finna wrth wthio Elffi drwy'r drws ac er mod i'n disgwyl protest plentyn wyth mlwydd oed, gwenu a rhoi'r ffôn yn ôl wnaeth hi gan ychwanegu,

'Ma Daf yn deud bod o'n sorri. Be mae o 'di neud achos mae o'n ddeud o lot?'

Grêt, mae hi'n darllen fy negeseuon i rŵan.

'Reit, allan!' medda fi wedi cael digon ar sŵn y dafarn.

Wrth i ni gerdded nôl at Rhys ac Ywain, rhoddodd Denise ei braich drwy f'un fi a deud yn dawel,

'Paid gweud wrth Rhys mod i 'di sôn am Paul, plis.'

'Iawn, siŵr,' medda finna, heb wybod lle fyswn i'n dechra sôn wrth Rhys achos chlywish i'm gair.

'Mae e'n gwbod am Paul, wrth gwrs, does dim cyfrinachau rhyngthon ni ond fydde fe ddim isie i neb arall wbod'.

Nodio 'mhen 'nes i eto er mod i bron â marw isio gofyn iddi ail-ddeud bob dim!

Rhedodd Elffi o'n blaenau ac fel o'n i am weiddi ar ei hôl i fod yn ofalus o'r ceir yn y maes parcio, mi sylwish i ar y car mawr du. O'n i'n siŵr mai'r un car oedd o eto a 'nes i benderfynu mentro holi Denise.

'Denise? Ella mod i'n drysu, ond ti'n gweld y car du yna'n fanna?'

'Yr un mawr, rhif AE20 TWP.'

'Ym, ia. Hwnnw. Wyt ti 'di weld o o'r blaen?'

'Ydw, o'dd e'n y garej bore ddoe ac o'dd e'n aros i ddod mas wrth ni adael y fferm bore 'ma. Fi'n cofio'r rhif achos ma fe'n atgoffa fi o Rhys. TWP.'

'Dwi bron yn siŵr 'i fod o ym maes parcio'r gwesty yng Nghaerdydd hefyd.'

Roedd fy llais yn crynu 'chydig rŵan. O'n i wedi deud wrtha fi'n hun mai bod yn 'ddramatig' o'n i, yn meddwl ei fod o'n ein dilyn ni ddoe, ond roedd clywed Denise yn deud bod hithau 'di sylwi ar y car ac wedi cofio'r blydi rhif, wel, mi oedd hynny'n gneud i mi banicio. O'n i isio rhedeg heibio'r car mor sydyn ag y gallwn i a mynd nôl ar y gweddill ond stopio reit o'i flaen wnaeth Denise!

'Denise? Be ti'n neud?'

'Fi'n mynd i weld pwy y'n nhw.'

'Be? Na! Ti'm yn gall! Ty'd, awn ni'n ôl at y lleill, ella ma cyd-ddigwyddiad ydi o. Ma 'na lot o bobl yn teithio i fyny o Gaerdydd yr un ffordd â ni.'

O'n i'n gwybod mod i'n gwthio petha braidd yn awgrymu bod rhywun wedi mynd heibio'r union fferm oedd ynghanol nunlla ar y ffordd i fyny o Gaerdydd ond dyna ni, mi lwyddish i i berswadio Denise i beidio mynd at y car ac i fynd nôl at y lleill efo fi.

Pan gyrhaeddon ni, mi oedd Ywain wrthi'n rhoi hyg mawr i Rhys. Mi barhaodd yr hyg ychydig eiliadau yn rhy hir – digon i neud i Denise a finna anghofio am y car am eiliad.

'Be sy'n mynd mlaen? Be sy 'di digwydd?' holodd Denise.

Chwarddodd Rhys. 'Sdim byd wedi digwydd. All dyn ddim rhoi cwtsh bach i hen ffrind?'

'Dim pan o'dd e isie hanner ei ladd e cwpwl o orie'n ôl! Pwy mor hir o'n ni yn y dafarn 'na?!'

'Paid â phoeni, Den – ma dy ddyn di'n saff. *Not my type*,' ychwanegodd Ywain ond doedd hynny ddim 'di croesi meddwl Denise a doedd hi ddim yn hapus ei bod hi heb gael ateb i'w chwestiwn. Mi oedd hi'n nabod ei gŵr yn dda ac yn gwybod bod mwy yn mynd ymlaen yma.

'Rhys?' gofynnodd eto yn fwy penderfynol.

Edrychodd Ywain ar Rhys a rhoi nòd o ganiatâd iddo.

'Mae'n OK. *No secrets* rhwng gŵr a gwraig.'

Ochneidiodd Rhys ac yn anfodlon iawn mwmiodd dan ei wynt,

'Wi 'di gweud 'naf i helpu Yws.'

'"Helpu Yws" gyda be?'

Edrychodd Rhys ar Ywain rŵan – fo oedd wedi dechrau cyffesu felly ei le fo oedd llenwi'r bylchau. Mi oedd Elffi wedi mynd i luchio cerrig i'r llyn felly penderfynodd Ywain ei bod hi'n saff i siarad heb i glustiau bach glywed.

'O'dd yr hen Rhys yn iawn. Am unwaith. Ddoe, yn y garej. Y broblem efo talu? Pethau ddim yn dda iawn ar y funud. Bach yn *strapped for cash*. Blip, dyna i gyd. Disgwyl i ryw bethau fynd drwodd. A… a ma Rhys 'di cynnig helpu hen ffrind. Chwarae teg.'

'Ie… "chwarae teg"…' Ar Rhys oedd hi'n edrych rŵan.

'Dros dro yn amlwg,' ychwanegodd Ywain. 'Fydd bob dim yn *sorted* erbyn mis nesa, dwi'n addo, a mi dala i o i gyd yn ôl.'

'Faint o'n harian ni wyt ti'n rannu felly, Rhys?' holodd hithau a brysiodd hwnnw i ateb cyn i Ywain neud.

'O, sdim isie mynd i fanylion, nago's? Whare teg, do'dd e ddim yn hawdd i Yws ofyn. Well ni fynd nôl i'r car nawr, ife?'

Gwnaeth rhyw stumiau ar ei wraig i gau ei cheg o flaen Ywain ond mi oedd hwnnw wedi bachu ar y cyfle cyntaf i ddianc at Elffi, felly, er mawr siom i Rhys, mi gafodd Denise gwestiynu ei gŵr heb godi cywilydd ar Ywain!

'Beth yffach ti'n feddwl ti'n neud? Ni methu ffordo mynd i Lundain i weld y plant ond ni'n gallu rhoi arian i bawb sy'n gofyn?'

'Nage pawb, Den! Ma Yws a fi… ni'n mynd nôl blynydde!'

'So ti 'di clywed ganddo fe ers blynydde a chi 'di neud dim byd ond dadle ers iddo fe lando ar ein stepen drws ni!'

'Fel'na ma Yws a fi erioed. *Bantz lads.* 'Set ti'm yn deall.'

'O le yn union ti'n ca'l yr arian 'ma i roi i dy "lad"? Achos sdim digon i gynnal ni tan diwedd y mis yn ein cyfrif ni?!'

'Ddim o'n cyfrif *ni*, OK!'

'Ond sdim cyfrif arall gyda ti? Rhys? Sdim byd 'da ni, dyna pam o'dd rhaid i ni werthu'r caffi!'

'Dim dyna pam 'nest di werthu'r caffi, Den!'

Ddylwn inna fod 'di mynd efo Ywain at Elffi ond o'n i'n rhy araf a rŵan o'n i'm yn gwybod be i neud. Do'n i'm isio tynnu sylw ata fi'n hun ond do'n i'm isio bod ynghanol y ffrae yma chwaith, felly mi drish i ryw shyfflo yn araf bach yn bellach oddi wrthyn nhw ond o'n i'n dal i glwad bob gair achos o'n i'n mynd mor araf!

'Gad e am nawr,' meddai Rhys a galw ar bawb i ddod nôl i'r car.

'Nes i stopio shyfflo achos mi oedd y car i'r cyfeiriad arall. O'n i'm yn siŵr pa ffor i shyfflo rŵan. Mi oedd gen i deimlad bod Denise ar fin chwythu ond o'n i'n gallu gweld hefyd ei bod hi'n trio peidio. Mi allai fynd unrhyw ffordd, meddyliwn. Fel fy shyffl i. Mi gymrodd Denise anadl fawr, edrychodd tuag ata i ac yna rhoi'r wên fawr gyfarwydd yna.

Caeodd ei llygaid a mynd i lwytho'r car. Ddywedodd Denise ddim byd wrth glirio a phacio pethau'n ôl i'r car ond unwaith oedd Elffi i mewn yn y car mi anelodd yn syth am Ywain a dechrau ei gwestiynu.

'Faint o fès wyt ti ynddo fe, Ywain? O's arnat ti arian i bobl? Pwy siort o bobl?'

'Wow, Denise, pwy wyt ti? Yr FBI?' Chwarddodd Ywain wrth drio ei phasio i fynd i mewn i'r car ond doedd hi ddim am symud a rhoddodd ei braich ar draws y drws i'w rwystro yntau rhag gallu dianc i'r sedd flaen.

'Fi'n *serious*, Ywain. O's rhywun ar d'ôl di? Achos ma Martha a fi wedi sylwi ar y car du sy'n dilyn ni ers o'n ni yng Nghaerdydd.'

'Be? Pa gar du?' Edrychodd Ywain arna i mwyaf sydyn a finna wedi bod yn mwynhau cael fy anwybyddu hyd yma.

'Yr un acw,' medda fi'n dawel gan bwyntio i gyfeiriad maes parcio'r gwesty ond pan edrychodd pawb tuag at y man lle oedd y car ychydig funudau yn ôl, nid car mawr du oedd yno ond VW Beetle bach coch.

'Mi oedd o'n fanna, wir yr,' ychwanegais a theimlo llygaid pawb arna i. 'Doedd, Denise? A mi oedd o'n maes parcio'r gwesty ac wrth y ffarm.'

'Oedd, ac mi oedd e'n y garej,' meddai Denise yn fy nghefnogi'n bendant.

'Wel, dydi o'm yna rŵan,' meddai Ywain. 'Felly os na bo chi'n poeni bod yr hen gwpwl yn y Beetle bach 'na am *attackio* ni efo'r *baguette* ma'n nhw'n fyta, 'sa well i ni fynd.'

Ond doedd dim symud ar Denise nes bod Ywain yn ei chymryd o ddifrif.

'Trystia fi, Denise, arna fi ddim byd i neb *dodgy*. A does 'na'm *hitmen* yn dilyn ni. Jest chydig o *bad investments* a *credit cards* sy 'di gadal fi yn y *mess* yma, OK. Does neb ar ôl fi am bres! *Honestly.*'

Edrychodd i fyw llygaid Denise ac mi oedd ei glywed yn siarad mor ddidwyll yn gneud i mi deimlo 'chydig bach yn stiwpid am sôn am y car du o gwbl. Hwyrach bod Denise hefyd yn teimlo iddi orymateb achos symud wnaeth hi a gadael i Ywain fynd i'r tu blaen, tra ei bod hi'n mynd i'r sedd gefn yn fodlonach ei byd am y tro. Es innau i'r cefn atyn nhw, ond wrth i ni adael, allwn i'm peidio â sylwi ar Ywain yn y drych. Mi oedd o'n edrych am nôl yn ddigon poenus i'r maes parcio.

Unwaith y daethon ni'n ôl i'r gyffordd, mi oeddwn i'n falch o weld Rhys yn troi i'r chwith ac ar ôl rhyw bum munud o siwrna mi gyhoeddodd Denise o gefn y car,

'Awn ni â chi i gyd i Ddolgellau, gan bo ni 'di gaddo, ond wedyn fydd Rhys a fi'n mynd nôl i Gaerdydd. Allwch chi ga'l bws i ble bynnag chi isie o fanno.'

A wnaeth neb ddadlau efo hi.

RŴAN

COFIO

'**A** PAM OEDDACH chi'n mynd i Ddolgellau?'
'I chwilio am rywun,' meddai Martha, yn eistedd yn fwy syth yn ei chadair erbyn hyn, ac yn ymddangos yn fwy o gwmpas ei phethau.

'Cyfarfod pwy?' hola PC Gareth Williams sydd hefyd yn llawn ffocws ac yn ei elfen rŵan yn cofnodi pob manylyn efo'i feiro newydd.

'Llŷr. Mae o'n rhedeg tafarn yna,' ateba Martha.

'Pam oeddach chi'n *chwilio* amdano fo os oeddach chi'n gwbod ei fod o'n rhedeg tafarn yna?'

Mae PC Teresa Evans yn edrych ar ei horiawr ac yn sylwi eu bod nhw yna ers tri chwarter awr ac yn dal ddim callach.

'Mi oeddan ni'n gwbod ei fod o'n rhedeg y dafarn yna, wel, mi oedd Rhys yn gwbod, ond mi o'n i'n chwilio amdano am reswm... personol.'

'Personol?' Mae yna ryw bwyslais rhyfedd i bob cwestiwn mae Gareth yn ei ofyn rŵan, fel tae o'n datgelu rhywbeth mawr bob tro. Mae'n dechrau mynd dan groen Teresa.

'Stori hir,' meddai Martha oedd yn amlwg ddim eisiau manylu.

'Wel, ma gynnon ni drwy'r dydd,' ychwanega Gareth gan glicio top y feiro ddwywaith i nodi'r bwriad.

Nagoes, does gen i'm blydi drw dydd, meddai Teresa wrthi hi ei hun. Mae holi Gareth am gymryd oria fel hyn.

'Yli, dydan ni'm angen gwbod be gafodd pawb i frecwast. Be sgen Dolgellau i neud efo sut mae dy grys T di yn waed i gyd, Martha?'

Mae Gareth yn taro ei feiro ar y bwrdd ychydig yn galetach nag oedd wedi'i fwriadu. Dydi o'm yn hapus bod y *bad cop* wedi cymryd drosodd ac yntau, y *good cop*, yn gneud cystal efo'r holi. Yn ei dyb o.

'Wel? Be ddigwyddodd yn Nolgellau? A be sgynno fo i neud efo'r corff ar y traeth a'r holl waed arna chdi?' meddai Teresa yn ddifynadd.

Mae Martha'n estyn y gwpan ddŵr fechan o'i blaen ac yn yfed ei hanner, tra bod Teresa yn edrych ar ei horiawr unwaith eto. Mae'n ceisio rheoli ei hanadlu gan ei bod hi'n teimlo ei hun yn cynhyrfu rŵan.

'Fanno gychwynnodd petha fynd yn... wel, mynd yn flêr,' meddai Martha gan estyn am y dŵr eto.

CYNT

DOLGELLAU

Dim ond fi oedd i weld ar goll ynglŷn â pham oeddan ni wedi dod i Ddolgellau a rhag ofn i mi ddechrau rhyw ffrae arall yn y car, 'nes i'm holi neb tan i ni gyrraedd. Wrth i ni gerdded o'r maes parcio i'r gwesty mi wnes i'n siŵr mod i'n cerdded efo Ywain er mwyn i fi allu ei holi ac mi edrychodd hwnnw yn hollol ddryslyd arna i.

'Wel, i weld Llŷr siŵr? Nath dŵr oer y llyn 'na rwbath rhyfedd i dy ben di, Martha bach? Ti'n cofio be 'dan ni'n neud ar y *road trip* 'ma, dwyt?'

O'n, mi o'n i'n cofio hynny, achos mi oedd cornel y papur bach ym mhoced fy jîns yn fy mhigo i i f'atgoffa bob hyn a hyn ac mi o'n i'n gwybod yn iawn mai'r enw Llŷr oedd rhif pedwar. Ond ers y fferm mi o'n i wedi penderfynu mod i ddim isio gwybod mwy a mod i jest isio mynd adra. Wrth gwrs, do'n i ddim wedi deud hynny wrth neb arall.

'Ond sut 'dan ni'n gwbod bod Llŷr yn fama?' holais eto, dim ond i gael edrychiad yr un mor ddryslyd nôl.

'Be uffar sy'n bod efo chdi? Ti'm yn cofio Rhys yn "cofio mwya sydyn" ei fod o'n gwbod lle oedd Llŷr yn byw? O'dd y crinc yn gwbod yn iawn drwy'r amser ond isio ei *dramatic moment* yn y car. Wel, *not so much*, yn amlwg, achos ti'm yn cofio!'

Mae'n rhaid mod i wedi mynd yn bell iawn i 'myd fy hun ar ôl y fferm.

'Ti'n OK? Does 'na'm rhaid i ni fynd mewn os ti'm isio?'

Weithiau mi oedd Ywain yn fy nychryn i. Er mod i ond yn ei nabod o ers 'chydig ddyddiau mi oedd o fel tasai o'n fy nabod yn dda. O'n i ar fin cyfadda mod i wedi newid fy meddwl am bob dim, ond mi laniodd Capten Marvel o mlaen.

'Gawn ni aros fama heno, Dad? Gawn ni pliiis? A gawn ni fwyd yn y bar? A ga'i rannu stafell efo Martha tro 'ma? Pliis?'

Mi o'n i'n disgwyl 'na' gan Ywain, yn sicr i'r cwestiwn olaf, ond edrych tuag ata i wnaeth o a rhoi'r pwysa arna i i godi neu i dorri calon Elffi bach.

O'n i wir isio mynd adra ond 'Iawn, siŵr' ddudish i. Ac o weld Capten Marvel yn dawnsio ar hyd y maes parcio, o'n i'n falch, ond mi wnes i ychwanegu yn dawel wrth Ywain.

'Dwi'm yn meddwl mod i isio sôn wrth Llŷr pam bo ni yma. Dwi angen mwy o amser i feddwl am bethau.'

Gwenodd Ywain fel tae o'n deall yn iawn ac i mewn â ni i holi am dair stafell am un noson. Mi oeddan ni'n cymryd yn ganiataol bod Denise a Rhys am aros heno a chychwyn i Gaerdydd yn y bore ond ar y foment honno mi oedden nhw'n dal yn y car yn 'trafod'.

*

Cyfarfod yn y bar am chwech oedd y trefniadau ond mi aeth Ywain yno dipyn cyn hynny 'i gael *catch up* efo Llŷr'. Mi o'n innau'n dechrau nabod Ywain rŵan hefyd ac yn deall pam oedd o'n ddigon hapus i Elffi rannu stafell efo fi tro 'ma. Dim bod ots gen i. Mi gawson ni bnawn bach digon braf. Ar ôl dadbacio (am noson) dan gyfarwyddyd Elffi, a gosod Tedi

Melyn yn ei wely'n ddel, mi fuon ni'n chwarae cardiau tra mod i'n cael fy addysgu am bwy oedd y bobl cŵl i'w dilyn ar y we a phwy oedd ddim, pwy oedd y bobl cŵl i wrando arnyn nhw ar Spotify a phwy oedd ddim. Wedyn, mi oedd hi isio perffeithio ei sgiliau gneud lluniau fel Denise, ac felly tra bod Picasso yn gneud hunanbortread mi ges i gyfle i ffonio Mam a Dad ac mi oedd hi mor braf clywed eu lleisiau nhw. Dim ond nos Lun welais i nhw, ond mi oedd hi'n teimlo fel oes arall. Mi ddudes i wrthyn nhw mod i am anghofio am y lol yma a dod adra fory ac mi oeddan nhw'n swnio'n reit siomedig.

'Cofia, pwt, sgen ti'm ysgol tan ddydd Llun felly does 'na'm brys i chdi ddod adra, waeth ti aros ddim.' Dad.

Finna'n meddwl y bysan nhw'n falch! Poeni amdana fi oedd o, ella, ond mi oedd o'n gneud i fi deimlo'n fflat. 'Nes i ddechrau meddwl ella mai dyna pam wnaethon nhw ddechra hyn i gyd? Isio i fi ffeindio 'nhad beiolegol am fod Dad 'di cael digon ohona i? Am ei fod o isio treulio'i amser yn ei fflipin camper-fan yn lle fy helpu i i roi silffoedd fyny'n y tŷ? Am ei fod o 'di cael llond bol arna i'n ffonio fo bob tro mae rwbath yn mynd o'i le? Pam arall oedd o wedi deud wrtha i ar fy mhen-blwydd yn dri deg dau? Oed mor random!

O'n i'n hanner difaru eu ffonio nhw a dyna pam es i lawr am hanner awr wedi pump, yn methu aros tan chwech. Es i'n syth i'r bar a chael jin mawr i fi ac oren i Elffi, neu Black Widow fel oedd hi erbyn hyn. Black Widow heb ei wig coch gan ei bod hi wedi anghofio honno yn Llundain – wnes i lwyddo i'w pherswadio hi na fysa pobl Dolgellau fawr callach.

Mi oedd Ywain yn eistedd wrth y bar yn siarad efo dyn tua'r un oed ag o, roedd ganddo wallt hir syth du ac roedd yn gwisgo siorts golau a sandals. Llŷr oedd hwn, meddyliais, ond doedd gen i'm mynadd mynd atyn nhw. Mi oedd y ddau i weld yn cael hwyl efo'i gilydd felly aeth Elffi a finnau i ista ar fwrdd mawr sgwâr wrth y ffenest. Aeth hi ar y we i ddewis ei bwyd tra ges i rant bach bod y llefydd 'ma mor ddiog eu bod wedi cael gwared ar fwydlenni call. Be os oedd rhywun heb ffôn neu'r we? Doedd Elffi'n cymryd dim sylw ac yn trio penderfynu rhwng y tsili a'r pasta. Ac yn yr eiliad honno o'n i'n teimlo mor hen. Rantio am ddiffyg bwydlen bapur, be ddiawl oedd 'di digwydd i fi? Tri deg dau o'n i, dim blydi hanner cant!

Mewn rhyw hanner awr mi sylwodd Ywain ein bod ni yno ac mi ddaeth draw efo'r dyn gwallt hir a'i gyflwyno fel Llŷr, perchennog y dafarn. Mi oedd y ddau wedi bod yn 'dal fyny' drwy'r pnawn, yn amlwg, ac yn siarad dipyn uwch nag oedd angen. Wedi ychydig o hanes Llŷr yn y dafarn a lot o hen straeon coleg oedd ond yn ddoniol i'r ddau ohonyn nhw, dechreuodd Elffi swnian ei bod hi isio bwyd, y tsili, felly diflannodd Llŷr yn ôl tu ôl i'r bar am ychydig ac mi gawson ni'n tri fwyd, mwy o jin i fi a mwy o win i Ywain. 'Nes i roi bob dim ar fy nghardyn i. Do'n i'm isio rhoi rheswm i neb ddechrau ffraeo am bres eto. Do'n i ddim yn cael fy nhalu tan wythnos nesaf ond o'n i'n meddwl y byswn i'n iawn i dalu am y stafelloedd a'r bwyd. Dibynnu faint o win oedd Ywain yn bwriadu ei yfed!

Fel oeddan ni'n gorffen ein bwyd mi ddaeth Denise a Rhys i lawr ac aethon nhw'n syth i'r bar i nôl diod. Doedd yr un ohonyn nhw awydd bwyd, meddan nhw. Mi oedd Denise yn edrych ychydig yn well nag oedd hi'n y car pan gyrhaeddon ni. Mi oedd yn amlwg wedi cael cawod ac yn gwisgo ffrog hir oren a melyn a chlustlysau aur anhygoel. Doedd Rhys ddim wedi trafferthu newid. Daeth Denise aton ni, tra bod Rhys yn siarad efo Llŷr wrth y bar, ac unwaith gorffennodd Ywain ei fwyd, mi aeth yntau at y ddau ddyn arall gan adael Denise a finnau ar ein pennau ein hunain. Mi oedd Black Widow bach wedi darganfod peiriant cwis a hwnnw gafodd ei sylw hi am y rhan fwyaf o'r noson. O ddewis, mi fyswn i wedi treulio'r noson yn trafod clustlysau anhygoel Denise a chadw draw rhag unrhyw sôn am y ffrae wrth y llyn, ond ches i ddim dewis.

'Mae gyda fe gyfrif arall. Yn ei enw fe. Alli di gredu hynna, Martha?'

'Wel...' doedd gen i'm clem be i'w ddeud. Am ryw reswm, mi *o'n* i'n gallu credu hynny ond roedd gen i deimlad nad dyna oedd y peth iawn i'w ddeud.

'A lle ma fe 'di cael yr arian i'w roi yn y cyfrif?' gofynnodd wedyn ac o'n i'n hyderus yn ateb hwn.

'Sgen i'm syniad,' medda fi.

'Y *redundancy pay*! Wedodd e wrtho fi bod e 'di cael deg mil ond gafodd y diawl bach chwe deg mil! *Sixty K*, Martha!' meddai hi yn Saesneg hefyd i neud yn siŵr mod i'n dallt! 'Elli di gredu hynna?' gofynnodd wedyn.

O'n i'n dechrau dallt bod Denise ddim yn disgwyl i fi ymateb, dim ond isio bwrw ei bol. A dros sawl jin arall mi ges i wybod bod Rhys wedi twyllo ei wraig i feddwl ei fod o wedi cael cam mawr yn colli ei waith a'u bod nhw mewn sefyllfa ariannol ddrwg iawn. Dyna, meddai hi, oedd y rheswm pam wnaeth hi werthu'r caffi, ond o gofio be ddudodd Denise wrtha i am Paul yn y dafarn, ro'n i'n amau bod 'na reswm arall pam bod Rhys isio iddi werthu'r caffi. Mi oedd hyn wedi styrbio Denise, dim yr arian gymaint ella, ond y celwydd. Mi oedd hi'n amlwg wedi bod yn poeni am ei gŵr ers iddo golli ei waith, yn gweld y dyn oedd hi wedi ei garu am flynyddoedd yn diflannu (nid yn llythrennol) ac yn colli diddordeb mewn bob dim. Roedd o'n dibynnu gymaint arni hi – a thrwy'r cyfan yn ista ar bres mawr tra ei bod hithau'n arallgyfeirio i bob cyfeiriad posib i drio byw. Chwara teg, 'swn inna'n blydi blin 'fyd.

Edrychish i ar y triawd wrth y bar a Rhys oedd yn arwain yr hwyl rhwng y tri ffrind. Mi oedd hwn yn Rhys gwahanol iawn i'r slob oedd yn suddo i'w gadair yn ei stafell fyw ychydig ddyddiau'n ôl. Oedd o wedi gadael i'w wraig feddwl ei fod mewn lle tywyll er mwyn iddi werthu ei chaffi, ella? Doedd hwn ddim hanner mor fregus ag oedd o wedi arwain pawb i feddwl, yn bendant. Ella bod Ywain yn iawn pan ddudodd o mai *cocky little git* oedd o.

Erbyn iddyn nhw ailymuno efo Denise a fi, ac i Elffi redeg allan o bres i'r peiriant cwis, mi oedd yna ganwr ifanc wedi cymryd ei le reit gyferbyn â'n bwrdd ni. Hogyn ifanc yn ei ugeiniau hwyr ella, efo gitâr acwstig oedd wrthi'n gosod meic o'i flaen. Diolch byth, meddyliais, dyma'r union beth o'n i angen heno. Doedd gen i ddim awydd sgwrsio efo neb ac o'n i wedi yfed gormod o jin i siarad yn synhwyrol beth bynnag. Er bod Elffi yn mwydro ers rhyw bum munud wrth f'ochr, yn cwyno bod y peiriant cwis yn anghywir a'i bod hi'n gwybod yn well am gyn-arlywyddion America, fedrwn i ddim tynnu'n llygaid oddi ar y canwr a doedd o ddim wedi dechrau canu eto. Mi oedd ganddo wallt brown oedd bron yn cyffwrdd â'i sgwyddau ac mi oedd yn gorfod ei fflicio yn ôl bob hyn a hyn er mwyn gweld ei bapur. Doedd o'm yn defnyddio ei law i symud ei wallt ond yn gneud rhyw symudiad oedd yn cychwyn o'i draed mewn *slow motion*, fel yn yr hysbysebion siampŵ 'na.

'Wow, pwy yw hwn?' gofynnodd Denise, yn suddo'n ôl yn ei chadair, wedi hen laru ar ladd ar ei gŵr ac yn astudio'r canwr ifanc bron mor fanwl â fi.

'Pwy?' medda finna gan esgus mod i heb sylwi ar bob symudiad ers i'r canwr ymddangos fel Adonis efo gitâr.

Edrychodd Denise arna i a rhoi winc fach.

'"Tingl *all the way*", Martha,' meddai hi cyn gweiddi ar Rhys i nôl diod arall iddi a gneud iddo brynu un i bawb. Mynd heb gwyno nath hwnnw.

Am yr hanner awr nesa mi ddiflannes i i fyd arall yn gwrando ar Adonis yn canu. Doedd gen i'm clem be oedd y caneuon ond mi o'n i wedi perswadio fy hun ei fod yn canu pob cân i *fi*. Erbyn 'Haleliwia' mi oedd Ywain wedi gwasgu ei hun rhwng Denise a fi. Mi oedd o, fel y gweddill ohonan ni, wedi cael gormod i yfed erbyn hyn.

'Martha Plu Chwithig, be wyt ti'n neud?'

'Dim byd,' medda finna ychydig yn rhy amddiffynnol. 'Mwynhau y gerddoriaeth, Ywain!'

'Ie, ie a'i *finger plucking skills*.' A fedrai o ddim peidio ag ychwanegu, 'Ti heb glywed gan Daf wedyn?'

'Naddo.' A doedd hynny ddim yn gelwydd. Doeddwn i ddim wedi clywed ganddo achos o'n i heb ateb ei alwadau.

'Wel, *go for it, girl*.'

Ac ella oherwydd y jin, neu oherwydd digwyddiadau'r wythnos (ac o'n i'n dal bach yn emosiynol ar ôl y sgwrs ffôn efo Dad) 'nes i ffeindio'n hun yn gneud penderfyniad tawel yn y foment honno, ac am unwaith mi oedd o'n teimlo fel y penderfyniad hawsaf yn y byd.

Erbyn diwedd y nos, dim ond ein criw bach ni oedd ar ôl yn y dafarn ac roedd Llŷr ac Adonis (neu Iwan) wedi ymuno efo ni. Noson lawn chwerthin a'r holl densiynau wrth i ni gyrraedd Dolgellau 'di cael eu boddi gan jin, gwin a siots.

'*Having fun are we?*'

Daeth acen Lundain gref o rywle i dorri ar draws y cwmwl

meddwol ac mi oedd yr holl beth yn swreal am funud. Y peth dwytha o'n i'n ddisgwyl ei glywed am hanner awr wedi un ar ddeg yn ein cornel fach Gymraeg yn Nolgellau.

Cododd Llŷr yn syth ac yn glên iawn mi eglurodd i'r Llundeinwr bod y bar wedi cau a'n bod ni, y dethol rai, yn aros yn y gwesty.

'But I'm a hotel guest,' ychwanegodd hwn. 'Aren't I, Ywain?'

Fel rhyw olygfa gomedi, mi drodd pawb ar yr un pryd i edrych ar Ywain, oedd i'w weld mewn panic ac yn trio deffro Elffi oedd wedi syrthio i gysgu ar ei lin.

'Well, aren't you going to introduce me, then?'

'Ym, yes of course. Pawb dyma Sean, my partner. Sean, these are my friends, from Uni.'

Heb wahoddiad mi estynnodd Sean stôl, ymuno efo ni a thywallt gwydr mawr o win iddo'i hun. Mi oedd Elffi wedi deffro ond wedi aros ar lin Ywain. Chafodd Sean fawr o groeso ganddi, yn wahanol i Denise. Llwyddodd hi i daro ei gwydr hi a f'un i ar lawr wrth iddi ymestyn drosodd i roi hyg mawr i'r Sean yma a thra bod Llŷr yn clirio'r llanast, sylwais i ar Rhys yn slamio ei wydr yntau lawr ar y bwrdd mewn ffordd benderfynol, ddynol iawn, a bron 'i fod o 'di ista i fyny a sgwario wrth neud hefyd. Edrychodd ar Ywain ond mi wnaeth hwnnw osgoi ei lygaid yn llwyr. Hyd yn oed yn fy stad sawl jin yn ormod, mi oedd fy *Spidey senses* i fyny. (Mi o'n i wedi bod yn nghwmni Elffi yn rhy hir!)

Er mod i wedi gweld llun o Sean pan o'n i yn y tŷ ddydd Mawrth, fyswn i byth wedi ei nabod. Yn y llun, mi oedd o'n edrych yn llai ac yn fengach, mi o'dd ei wallt tywyll wedi ei steilio ac mi oedd o'n smart, ond doedd hwn ddim yn edrych fel yr un boi. Mi oedd ei wallt o'n flêr a 'di gwynnu, doedd o ddim yn edrych fel petai o wedi molchi na siafio ers dyddia ac mi oedd i'w weld dipyn talach yn ei ddybl denim.

Dwn i'm ai'r newid iaith 'ta'r ffordd nath o landio ynghanol ein hwyl oedd o, ond doedd 'na fawr o sgwrs ar ôl i Sean gyrraedd. Ar ôl llowcio gweddill y gwin mi gyhoeddodd eu bod nhw'n mynd i'w gwlâu ac mi gododd Ywain ac Elffi i adael heb yngan gair. Fi oedd yr un i brotestio yn fy Saesneg meddwol gorau.

'*But he hasn't finished his* gwin *and the Black Widow is with me tonight.*'

OK, 'nes i'm egluro'n hun yn dda iawn ond mi ddaeth Sean reit i 'ngwyneb i.

'*He's finished, love, and* my *daughter will be staying in* my *room. Alright, love?*'

Roedd 'i wynt o'n drewi 'fyd.

'Nes i'm ateb Sean ond mi oedd y *love* unwaith wedi nghorddi i, heb sôn am ddwywaith, ac o'n i'n methu peidio gweiddi ar ei ôl.

'*But* Tedi Melyn *is in bed already!*'

Eto ddim cweit be o'n i'n drio ei ddeud ond fysa fo'm 'di gneud gwahaniaeth beth bynnag achos nath Sean ddim troi'i ben, dim ond gafael ym mraich Elffi a'i harwain hi allan o'r stafell ac o fewn munudau mi oedd Rhys wedi clecio ei beint ac yn hanner cario Denise allan hefyd. Wrth fy mhasio i, mi roddodd Denise ei dwy law bob ochr i fy ngwyneb.

'Ti'n gwd girl, Martha! Gwd girl' A throdd ei phen i edrych ar ei gŵr oedd yn llythrennol yn ei dal i fyny rŵan. 'Ddim fel y lwmpyn celwyddog 'ma!' a rhoi uffar o swadan iddo ar draws ei ben – wel, mi driodd ond methodd ei ben o'n llwyr a llwyddo rhywsut i hitio hi ei hun.

'O, dere mla'n,' meddai Rhys wrthi'n ddifynadd a'i helpu hi allan o'r bar.

Steddish i i orffen fy niod ac i jecio fy ffôn – negeseuon gan Mam ac un o athrawon yr ysgol a sawl galwad goll gan Daf. Doedd gen i'm mynadd efo'r un ohonyn nhw heno.

'Twat,' meddai rhyw lais o rywle. O'n i'n meddwl mod i ar fy mhen fy hun ond yn amlwg do'n i ddim. Mi oedd Iwan wedi bod yn cadw ei gitâr a chlirio'i betha yn dawel ers i Sean gyrraedd. Steddodd i lawr wrth fy ymyl efo gweddillion ei beint. O'n i'n ama mod i'n gwybod yn iawn pwy o'dd y 'twat' ond o'n i'n meddwl 'sa well i fi jecio.

'Sean?'

Ffliciodd Iwan ei wallt yn araf eto a gwenu i gadarnhau mod i'n iawn. Gwenais innau yn ôl arno, yn rhy hir braidd ond roedd hi'n anodd peidio a 'nes i lwyddo i neud i fy niod i i barhau cymaint ag o'n i'n gallu cyn mynd i 'ngwely.

*

Er mai fi oedd yr olaf i fynd i 'ngwely, fi oedd y cyntaf i lawr am frecwast. Am unwaith do'n i ddim yn diodda ac mi oedd fy mhen i'n reit glir. Ond do'n i fawr o awydd bwyd felly gymres i ddarn bach o dost a menyn. O'n i'n wir isio gweld Ywain ac Elffi. Heb Sean. Do'n i ddim wedi stopio meddwl amdanyn nhw drwy'r nos. O'n i'n hanner disgwyl cnoc ar y drws ganol nos isio Tedi Melyn ond ddaeth neb. Fedrai hi ddim cysgu hebddo fo, meddai Ywain. O'n i wedi bod yn edrych ymlaen gymaint at fynd adra heddiw ac anghofio'r lol yma i gyd ond rŵan do'n i ddim mor siŵr.

Denise a Rhys oedd nesaf i lusgo'u hunain at y bwrdd brecwast a doedd petha'n dal ddim yn iawn rhyngddyn nhw. Rhys oedd i'w weld y mwyaf blin ac roedd Denise yn dawel am unwaith. Mi oedd hi yn diodda 'chydig.

'Yffach, pam nethon ni ddim bwyta neithiwr, Rhys! Fydden ni'm yn teimlo hanner mor wael bore 'ma 'sen ni 'di cael bwyd.'

'Fi'n *fine*,' medda Rhys gan ofyn am frecwast llawn a dau bwdin gwaed. Dim ond mentro darn o dost, fel fi, wnaeth Denise a chael trafferth i gadw hwnnw i lawr. Dim ond ni oedd yn y stafell frecwast er bod dipyn o fyrddau wedi eu gosod a'r maes parcio oedd i'w weld drwy'r ffenest fawr yn llawn.

'Neb arall 'di codi, 'te?' gofynnodd Rhys.

'Na, dim eto. Lot i'w drafod, ma siŵr,' medda fi.

Gwnaeth Rhys ryw sŵn cyn rhoi fforc mewn i'w sosej a defnyddio honno i dorri ei wy oedd ddim cweit wedi cwcio digon. Ella bod fy stumog i'm yn berffaith bore 'ma chwaith.

'Ti 'di trial ffono Ywain?' medda fo'n bigog efo llond ceg.

Na, doeddwn i ddim. O'n i wedi bod isio gneud ond ddim isio busnesu. Mi oedd hi'n amlwg bod Rhys yn meddwl y dylwn i neud.

Llowciodd Denise ei thrydedd sudd oren ac mi oedd hi'n dechrau dod ati ei hun yn raddol.

'Ble ma Ywain ac Elffi, 'te?'

'So ti'n gryndo, Den? Ni newydd fod drwy hyn!'

'Olréit! Dere â bach o'r sosej 'na i fi drial.'

'*Piss off*!'

'Oooo, Rhys bach yn flin heddi. Fi ddyle fod yn *fuming* 'da ti, gwboi. *Sixty K*!'

'Jest gad e am heddi plis, Den.'

Ac mi fytodd hi ei sosej o yn dawel am ryw ddau funud.

'Lle bach neis yw hwn. Fi rioed 'di bod yn Dolgellau o'r blaen. A joies i nithwr. Y boi 'na'n canu'n dda, nago'dd e, Martha,' meddai hi efo gwên chwareus.

'Oedd, mi oedd Iwan yn dda iawn,' medda finna'n chwara'r gêm.

'Run sbit â Llŷr yr oed 'na,' meddai Rhys. 'Y gwallt stiwpid 'na 'da'r ddou.'

'Pam? Ydyn nhw'n perthyn?' medda fi, ddim wir isio clwad yr ateb.

'Ydyn, wrth gwrs. Ma Iwan yn fab i Llŷr.'

O. *Shit.*

'O'dd y Sean 'na'n oréit 'fyd,' medda Denise heb sylwi ar fy siom wrth gael gwybod bod Iwan yn fab i un o'r pump. 'Fydden ni byth 'di rhoi'r ddou 'da'i gilydd ond whare teg iddo fe am sypreiso Ywain fel'na.'

'Hy,' medda Rhys gan luchio'i gyllell a'i fforc ar ei blât.

'Be sy'n bod arnot ti bore 'ma?'

'Ma fe'n goc oen, Den.'

'Y? Pam? Beth ma fe 'di neud i ti? Dim ond nithwr 'nest di gwrdd â fe!'

'*Bad vibes,* 'na i gyd.'

'O'dd e i weld yn foi iawn, nago'dd e, Martha?'

O'n innau'n cytuno efo Rhys ond gan mod i mond wedi'i gyfarfod o am awr, o'n i'n meddwl 'sa well i mi gadw fy marn i fi'n hun a gwenais wên fach oedd yn deud dim.

'A dyma nhw! Bore da! A phwy wyt ti bore 'ma, Elffi?' gwaeddodd Denise dros yr ystafell frecwast.

Mi oedd Elffi yn dal yn ei gwisg Black Widow, wrth gwrs, gan fod ei dillad hi yn f'ystafell fi. Wnaeth hi ddim ateb Denise a dod i eistedd wrth f'ymyl i.

'*Elffi! Come on, love, our table's over her,*' meddai Sean gan afael yn llaw Elffi a'i harwain at fwrdd i bedwar oedd ynghanol y stafell er bod lle i chwech wedi'i osod ar ein bwrdd ni.

'*Don't mind, do ya?*' medda fo wrth Denise oedd yn amlwg yn siomedig. '*More room for you lot now,*' gan wenu arni – hen ddannedd hyll melyn oedd ganddo fo 'fyd.

Gwenu'n ddel wnaeth Denise, wrth gwrs, ond rhyw sŵn ddaeth gan Rhys eto cyn iddo ddeud yn fwriadol uwch.

'Wedes i. Coc oen,' a mi gafodd gic gan ei wraig dan y bwrdd.

Dim ond Elffi a Sean oedd yna ar hyn o bryd ond wrth iddyn nhw setlo wrth eu bwrdd daeth Ywain i mewn a sefodd am eiliad rhwng y ddau griw ddim yn gwybod be i'w neud. Mi oedd o yn yr un dillad â neithiwr hefyd a'i wallt yn flêr uffernol. Daeth i eistedd atan ni'n sydyn gan ymddiheuro'n ormodol a goregluro cyn i Denise ymestyn dros y bwrdd i roi hyg mawr iddo,

'Ma'n oreit, Owain, *who are we to stand in the way of true love, eh*?'

Pam wasgodd Denise amdano mi sylwodd Rhys a fi fod Ywain wedi gwingo am eiliad ac mi ofynnodd Rhys yn dawel,

'Ti'n oréit, boi?'

'Yndw, yndw. Ylwch, wela'i chi wedyn.' A ffwrdd â fo i ymuno efo Sean ac Elffi.

O'n i'n methu peidio â holi Rhys achos mi oedd hi'n amlwg ei fod o'n gwybod rhwbath.

'Rhys? Ydi Ywain 'di deud rhwbath wrtha chdi? Am Sean?'

Ysgwyd ei ben nath Rhys tra bod llygaid Denise wedi eu cloi ar Sean ers i Ywain ymuno efo nhw, fel tae hi'n trio dal i fyny efo Rhys a fi.

'Bore da, ffrindiau! Sut mae pawb bore 'ma?' gofynnodd Llŷr yn cario mwy o dost. 'Ows! O'n i 'di gosod digon o le i chi efo'ch gilydd yn fanna!' a gosododd y tost ar eu bwrdd nhw.

'O, ia, diolch, Llŷr. O'dd 'na fwy o le i ni fama, dwi'n meddwl. Elffi isio brecwast mawr bore 'ma, dwyt, Elffs?'

Pigo ar ei brecwast oedd Elffi ond mi wenodd ar Llŷr ac

estyn darn o dost. Sut uffar 'nes i'm sylwi neithiwr bod hwn yn dad i Iwan. Ro'n nhw'r un ffunud. Roedd gan y ddau yn union yr un llygaid gwyrdd, gwyrdd ac roedd Llŷr wedi cadw lliw ei wallt brown yn dda oedd yn ei neud o'n debycach fyth i Iwan. O'n i'n dechrau gneud yr un peth â 'nes i efo Ywain pan 'nes i ei gyfarfod o gyntaf. Trio ffeindio unrhyw beth yn ei wyneb oedd yn debyg i fi, gan obeithio bod 'na ddim!

'Ti'n iawn, cyw?'

Ella mod i wedi sbio ychydig yn rhy hir arno fo.

'O, yndw, sorri,' medda fi, 'meddwl ella bo gynnoch chi farc ar eich gwyneb.'

Idiot, Martha. Jest cau dy geg weithia.

'O, wel, diolch.'

Ma'n rhaid bod hwn yn meddwl mod i'n drysu ac mi o'n i wedi tynnu sylw ata i'n hun rŵan, 'do'n, a rhoi esgus iddo fy holi.

'Be ydi'r cysylltiad rhyngdda chdi a'r lobs yma, 'ta, Martha? 'Nes i'm deall neithiwr,' meddai Llŷr a dod i ista ar un o'r cadeiria gwag wrth f'ymyl.

'Nabod Ywain trw... trw gwaith ac wedyn pawb arall trw Ywain.'

'A nathoch chi gyd benderfynu dod i Ddolgella am dro?'

'Rwbeth fel 'nny.' Mi oedd Rhys isio osgoi trafod y rheswm pam ein bod ni yno hefyd, wrth gwrs, er doedd dim angen iddo boeni achos mi oedd sylw Denise yn dal ar y bwrdd ynghanol y stafell.

'Ti'n f'atgoffa fi o rywun, Martha, ond alla i ddim rhoi 'mys ar bwy... mi ddaw'n ôl i fi. Dwi byth yn anghofio gwynebau. Rwbath dwi 'di ddysgu wrth redeg y dafarn 'ma dros y blynyddoedd.'

'Ha, ha!' medda fi lot uwch nag oedd angen achos doedd

'na'm byd yn ddoniol, nagoedd, ac mi oedd hwn yn sbio'n fwy od arna i rŵan. Diolch byth, mi newidiodd y pwnc a chodi o'r gadair.

'Be ydi'r cynllun heddiw, 'ta? Cofiwch bod croeso i chi aros heno – digon o le yma.'

Mi oedd yna dawelwch drwy'r stafell rŵan. Am sawl rheswm, doedd neb wedi sôn be oeddan ni am neud heddiw. Mi oedd Denise wedi ei gneud hi'n gwbl glir ddoe eu bod nhw'n mynd nôl i Gaerdydd ond heb gar doedd Ywain, Elffi a fi ddim wedi trafod be oeddan ni am neud a rŵan mi oedd Sean yma.

Ar ôl tawelwch annifyr mi wnaeth pawb ateb ar draws ei gilydd. Denise yn diolch ond yn egluro eu bod nhw'n mynd nôl i Gaerdydd, Rhys yn deud ella bysa noson arall yn syniad da a Sean, dros bawb, yn deud eu bod nhw'n mynd nôl i Lundain bore 'ma. Chododd Ywain ddim ei ben. A ddudes i'm byd.

'A, cŵl, croeso i chi aros beth bynnag. Gadwch i fi wbod pan fyddwch chi'n gwbod.' A dwi'n siŵr i mi glywed Llŷr yn chwerthin wrth adael y stafell.

'You better 'ave the extra toast,' gwaeddodd Sean draw aton ni. 'These two don't wanna overdo the carbs. Don't look like it bothers you.'

'Thank you,' medda Denise yn glên heb sylwi ei fod o newydd ein galw ni i gyd yn dew. Mi oedd ei sylw hi'n fwy ar ateb ei gŵr i gwestiwn Llŷr.

'Ni'n mynd nôl i Gaerdydd, Rhys, ma rhaid i ni,' meddai Denise wrth ei gŵr â thinc o ddryswch yn ei llais, gan fod y cynllun wedi ei gytuno rhwng y ddau ddoe.

'Ie, ie, falle.'

Mi oedd Denise a Rhys yn mynd nôl i Gaerdydd ac Ywain

ac Elffi yn mynd nôl i Lundain felly, meddyliais, wrth stwffio darn arall o dost. Er gymaint o'n i isio mynd adra do'n i ddim yn disgwyl i'r trip boncyrs yma ddod i ben fel hyn chwaith. Godish i o'n bwrdd ni a mynd at Ywain, Sean ac Elffi ac er bod cadair sbâr wrth y bwrdd, 'nes i'm eistedd.

'Dach chi'n mynd nôl i Lundain?' gofynnais i Ywain yn benodol.

Chododd o'm ei ben wrth ddeud yn dawel, 'Ma rhaid fi fynd nôl i'r gwaith.'

'O, reit. O'n i'n meddwl bo chdi off wythnos yma,' medda finna ddim yn fodlon gadael i'r peth fynd. Doedd o ddim yn gneud synnwyr, Ywain oedd y mwyaf brwdfrydig ohonon ni gyd am y trip yma a dyma fo rŵan yn gneud rhyw esgus i fynd adra. Doedd o'm i weld yr un dyn o gwbl.

Tra bod fy sylw i gyd ar Ywain, a mod i wrthi'n cael rant mewnol amdano, mi oedd Elffi yn gneud ei gorau i lenwi ei gwydr efo sudd oren o jwg oedd yn llawer rhy drwm i'w dwylo bach. Mi ollyngodd y jwg ac mi aeth yr oren ar draws y bwrdd, drosti hi a drosta finnau.

'*Elffi! You stupid girl!*' gwaeddodd Sean a chododd Ywain yn syth i helpu clirio tra bod Elffi yn beichio crio.

'Mae'n olréit, ma'n olréit, damwain bach,' medda fo yn cysuro ei ferch. 'Ti'n iawn, Martha?'

'Ydw siŵr, dropyn bach o'dd o.' O'n i'n socian go iawn, ond do'n i'm isio i Elffi deimlo'n waeth.

Tra bod Ywain a finnau'n trio sychu'r bwrdd, steddodd Sean lle oedd o, ond o'n i'n gallu teimlo ei lygaid arnon ni'n dau. Ar ôl chydig mi gyfarthodd eto.

'*Get to the car. We need to go.*'

Do'n i'm yn licio'r boi 'ma o gwbl, o'r funud welais i o neithiwr, ond yn enwedig ar ôl iddo weiddi ar Elffi fel'na a rŵan mi oedd o'n hapus iddi ista mewn dillad gwlyb am oriau. Fedrwn i ddim cau 'ngheg am unwaith.

'*She can't go all the way to London in these wet clothes.*'

'*What's it got to do with you, love?*'

'Mae'n iawn, Martha, 'na'i sortio fo, paid poeni.'

'*What's that?*' medda Sean yn flin ei fod o'm yn deall be ddudodd Ywain.

'*I just explained that I would sort it.*'

'*She shouldn't be wearing that stupid costume anyway, so she can stay in it!*'

Roedd hwn yn fy ngwylltio i rŵan ac mi afaeles i yn llaw Elffi a doedd uffar o ots gen i be fysa'r crinc yn neud.

'*All her things are in my room so she can come with me to get them and get changed quickly. OK?*' Er mod i wedi ychwanegu yr '*OK*' doedd gen i'm bwriad aros am ateb a rhedodd Elffi a fi i fyny'r grisiau heb droi'n ôl. Doedd gen i'm syniad a oedd rhywun wedi'n dilyn ni ac o'n i'n falch o allu cau drws f'ystafell. Aeth Elffi yn syth i orwedd ar y gwely efo'r Tedi Melyn ac er mod i wedi trio holi ychydig am Sean ac Ywain doedd hi'n deud dim. Do'n i ddim wedi ei gweld hi mor dawel. Driais i ei chael hi i wisgo rhwbath fyddai ddim yn gwylltio Sean, er mwyn gneud petha'n haws iddi, ond gafaelodd mewn siwt Black Panther a dim ots be arall o'n i'n ddangos iddi, doedd dim troi arni.

★

Erbyn i ni ddod yn ôl i lawr y grisiau, mi oedd pawb allan yn y maes parcio yn cario pethau Ywain ac Elffi o gar Rhys. Pan welodd Sean be oedd Elffi yn wisgo, mi oedd ar fin agor ei geg ond mi ddudodd Ywain rhwbath yn dawel wrtho ac mi harthiodd ar Elffi i fynd i'r car heb sôn am ei gwisg, diolch byth. Arosodd Elffi tu ôl i mi yn dal i afael yn fy llaw.

Mi oedd Denise yn dal i edrych fel petai hi'n trio gweithio pethau allan rhwng pawb tra bod Rhys yn cymryd llawer mwy o amser nag oedd angen i dynnu pethau o'r car. Cododd Ywain rywfaint o'r stwff ac edrych o amgylch y maes parcio.

'Where's the car, then? How we getting home?' gofynnodd wrth Sean.

'Well, seeing as some idiot lost the car, I had to hire one, didn't I?'

Edrychodd Ywain fel petai isio i'r llawr agor a'i lyncu. Pwyntiodd Sean at gar du oedd reit gyferbyn â ffenest fawr yr ystafell frecwast. Sut ddiawl 'nes i'm gweld hwn gynna? Edrychodd Denise a finnau ar ein gilydd ac mi o'n i'n cofio rhif y car heb edrych rŵan. TWP.

'Hang on a minute now. Is this your car? The black one?' holodd Denise.

'Yeah. Hired it because some loser hadn't paid for our car so it got towed. Do you know that loser?' medda fo'n chwerthin a heb sylwi be oedd hi'n ddeud mi atebodd Denise:

'Yes I know him and he's a good friend of ours!'

Chwarddodd Sean eto a cherdded yn agosach at Denise ond yn dal i siarad efo Ywain.

'How did you persuade this lot to take you, Ywain? Makes 'em worse losers than you, if that's possible.'

'Oi, coc oen!' Camodd Rhys rhwng ei wraig a Sean a dwi'n siŵr iddo fynd ar flaenau ei draed i drio edrych yn dalach. Tynnodd Ywain ar fraich Sean i drio rhoi chydig o le rhyngddo a Rhys.

'Come on, Sean, if we're going, let's go.'

'Hwn o'dd y car, Ywain!' gwaeddodd Denise oedd wedi bod

yn raddol newid ei meddwl drwy'r bore am Sean. 'Hwn sy 'di bod yn dilyn ni. Martha, gwed wrtho fe. Hwn o'dd e!'

Edrychodd Rhys ac Ywain arna i yn nodio fel tasen i ddim yn gall ac ychwanegais i gadarnhau,

'Ia, hwn oedd o, bendant. Wedi bod yn dilyn ni ers Caerdydd. Bendant. Yn y garej. Hwn o'dd o. A'r fferm. Bendant.' O'n i methu stopio!

'*What's she sayin'?*'

Edrychodd Ywain ar y car du ac ar Denise a minnau ac mi gymrodd eiliad cyn penderfynu gofyn i Sean,

'*Have you been following us?*'

'*Don't be so pathetic. Just get in the car.*'

Gafaelodd Rhys ym mraich Ywain. 'Sdim rhaid ti fynd, boi. 'Newn ni aros. Fan hyn, neu ewn ni mlaen i rywle arall. Lan i ti...'

'*Ywain! Get in the car now!*'

O'n i'n gallu teimlo Elffi yn gafael yn dynnach yn fy llaw ac yn cuddio ymhellach tu ôl i mi. Ges inna ryw hyder o rywle.

'Ywain, aros efo ni. Ma gen Elffi dal 'chydig ddyddia tan bo hi'n ôl yn yr ysgol, 'does? A mae hi'n edrych ymlaen at fynd i weld Gelert y ci.'

Am y tro cyntaf mi oedd Ywain yn edrych yn fach iawn er ei fod o mewn gwirionedd yn dalach na Rhys a Sean.

Gafaelais yn ei law, 'Plis, Ywain, gawn ni orffan yr wsos yn iawn, i Elffi?'

Gollyngodd fy llaw yn ofalus. 'Alla i ddim, Martha, ti'm yn dallt.'

Na, do'n i'm yn dallt ond o'n i'n gallu gweld bod Ywain yn crynu.

Rhoddodd Rhys ei law allan iddo hefyd. 'Fi'n deall, Owain. Dere 'da ni.'

'*Shut the fuck up, you fat prick.*'

Rhoddodd Sean wthiad sydyn i Rhys ac mi ddisgynnodd hwnnw yn ôl a bron â tharo Denise i'r llawr. Wrth i'r ddau drio codi a tsiecio bod y naill a'r llall yn iawn, mi ddudodd Sean rwbath yng nghlust Ywain. Trodd yntau i edrych arna i a geirio 'sorri' a dod i nôl Elffi ond mi oedd hi'n gyndyn iawn i ollwng ei gafael yn fy llaw.

Erbyn hyn mi oedd Rhys yn goch ac yn dripian o chwys ond doedd hynny ddim am ei stopio – mi oedd y testosteron yn pwmpio wrth iddo droi yn arwr, heb wisg, yn y maes parcio.

'Ows!' gwaeddodd. 'Sdim rhaid i ti roi lan 'da hyn rhagor! 'Na i helpu ti! 'Nawn ni gyd helpu ti!'

'*Get in the fucking car now!*' Gafaelodd Sean yn Ywain gerfydd ei goler a'i luchio tuag at y car. Tynnodd fy llaw o un Elffi yn frwnt a'i chario hi i'r car ac er mod i 'di trio ei stopio ges i sioc mor wan a phathetic o'n i. Doedd gen i'm gobaith efo hwn. Edrychodd Rhys, Denise a finnau ar ein gilydd yn despret wrth weld Ywain ac Elffi yn mynd am y car. Doedd hyn ddim yn iawn ond yn amlwg doedd yr un ohonon ni'n mynd i fedru gneud diawl o'm byd i'w stopio.

Yn sydyn, o nunlla mi glywais i sŵn mawr. Bang! *Exhaust* yn bacffeirio oedd o, ond am eiliad o'n i'n meddwl bod rhywun wedi fy saethu i a fuais i'n chwilio'n wyllt am waed! Edrychon ni i gyd i gyfeiriad hen Land Rover oedd yn gneud ei ffordd i mewn i'r maes parcio yn rhy sydyn. Mi barciodd reit o flaen car du Sean a'i flocio. Do'n i 'rioed 'di gweld gymaint o fwd ar gar o'r blaen a Duw a ŵyr pa liw oedd y Land Rover i fod, na be oedd y rhif, os oedd 'na rif arno. Duw a ŵyr pryd fuodd hwn ar y lôn ddwytha! Mi oedd y ffenest mor fudr, welson ni ddim pwy oedd yn gyrru tan i'r drws agor ac, fel petai mewn ffilm Tarantino, mi gamodd dyn yn ei wythdegau hwyr oddi yno. Lewis! Be uffar?

'Lewis… Be ddiawl dach chi'n neud yma, Lewis?' O'n i'n teimlo mod i wedi camu mewn i'r ffilm erbyn hyn.

'O'n i'n digw'dd paso,' medda fo efo hanner gwên ar ei wyneb.

'*Move your car, old man!*' poerodd Sean ar Lew ac es i'n groen gŵydd i gyd. Mi oedd hwn yn afiach.

Dechreuodd Denise roi llond ceg i Sean ac mi greodd hynny effaith domino wallgof lle roedd pawb yn gweiddi ar ei gilydd a phob un yn trio amddiffyn rhywun gwahanol ond mi oedd 'na rwbath yn deud wrtha i nad oedd y dyn yma angen neb i'w amddiffyn.

'Elffi? Dere i'r car, bach,' meddai Lewis yn annwyl. Gafaelodd Elffi yn llaw ei thad, 'Plis, Dad. Dwi ddim isio mynd adra. Plis.'

Edrychodd Ywain ar Sean. '*Sorry, I can't do this anymore, I can't put her through it,*' a dechreuodd Ywain ac Elffi gerdded at Lew.

O'n i'n dal fy ngwynt yn disgwyl i Sean wylltio ond chwerthin nath o.

'*What you gonna do without me? All that debt you're in? Who's gonna bail you out, eh? This bunch of wasters?*'

Ond dal i gerdded nath Ywain felly gafaelodd Sean yn ei fraich, yn yr union le yr oedd wedi brifo Ywain ynghynt a deud wrtho'n araf:

'*Get in the fucking car!*'

'*Don't even think about it, young man.*' Erbyn hyn mi oedd Lew wedi bod ym mŵt y Land Rover ac wedi estyn gwn oedd bron yn fwy na fo, ac mi oedd yn ei anelu yn syth at Sean.

'Yffach, Lew, *calm down*, boi.' Roedd Rhys yn chwysu mwy rŵan.

'*You ain't got the balls, old man,*' meddai Sean heb gynhyrfu o weld y blydi gwn.

'*Try me! This old man still has perfect aim,* gwboi. *Shot a couple of rabbits this morning and they were at least fifty metres away. How far away from me are you?*' meddai Lew yn pwyntio'r gwn prin hanner can centimetr o wyneb Sean. '*Leave. Now.*'

Gwenodd Sean, '*Can't. Your heap of junk is blocking me.*'

'*Reverse. If you know how to, in your flash car.*'

Ysgydwodd Sean ei ben, edrych arnon ni i gyd fel tae ni'n faw, troi ei gefn ac agor drws ei gar. Ond cyn iddo fynd mewn mi wnaeth addewid tawel, sinistr.

'*See you soon, Ywain,*' cyn refersio dros y gwair a gyrru o'na yn gyflym.

★

Ynghanol yr holl gofleidio ôl-ddrama mi ddaethon ni i ddeall nad 'digwy' paso' oedd Lew ond i Elffi yrru neges ato yn hwyr neithiwr yn gofyn am help. Doedd gan y gradures ddim ffydd y bysa Rhys, Denise a fi yn medru gneud dim! Mi oedd sŵn Lew yn cyrraedd, a Sean yn gwibio i ffwrdd, wedi denu Llŷr ac Iwan allan ond doedd y llanast oedd car Sean wedi ei neud o'r maes parcio, na'r ffaith bod Lew yn cario gwn mawr, ddim i weld yn eu poeni nhw o gwbl – er mi oedd Lew wedi cadw'r gwn yn y Land Rover erbyn hyn ac yn mynnu bod yna ddim bwledi ynddo beth bynnag. Doedd yr un ohonon ni'n ei goelio fo, rwsut.

Wedi'r rhyddhad, mi gynigodd Llŷr le i aros i ni i gyd yn y dafarn eto ac mi wnaeth y rhan fwyaf ohonon ni dderbyn yn syth ond o'n i'n gallu gweld Ywain ac Elffi yn edrych ar ei gilydd yn boenus. Doeddan nhw ddim yn medru aros yno rŵan bod Sean yn gwybod lle oeddan nhw. Os oedd Ywain o ddifrif am ei adael, mi oedd rhaid iddo fynd i rywle lle fysa Sean ddim yn ei ddilyn a chael cyfle i'w berswadio i newid ei feddwl.

'Wel, mla'n gyda'r *mystery tour*, 'te,' meddai Denise gyda gwên fawr. Mi oedd Rhys yn dal yn goch ar ôl y cynnwrf, bechod. Gafaelodd yn dynn yn ei wraig,

'Sa i isie mynd nôl i Gaerdydd 'to, ta beth,' ychwanegodd a rhoi cusan fach iddi.

Wrth i ni i gyd drio penderfynu lle i fynd, ac i Elffi lwyddo i berswadio Lew i ddod efo ni, mi oedd yna fwy o drafod ynglŷn â pha gar fysa pawb yn mynd ynddo, a mi ges i ysfa i neud cyhoeddiad. Dwn i'm ai andrenalin y bore 'ta gweld Iwan yn ei fflipfflops oedd wedi rhoi'r hyder i mi, ond ynghanol y maes parcio mi gyhoeddais wrth bawb:

'Dwi am orffen efo Daf.'

Ella, yng nhyd-destun bob dim difrifol oedd wedi digwydd ychydig funudau ynghynt, nad dyma oedd yr adeg orau i rannu hynny, ond dyna ni.

'Ieeei,' gwaeddodd Denise dros bob man cyn gafael amdana i. Cychwyn clapio wnaeth y gweddill fel 'swn i 'di gorffan marathon. Dim yr ymateb o'n i wedi'i ddisgwyl.

'Gwd! O'dd e'n swno rêl twat,' meddai Rhys a nodiodd Ywain ei ben i gytuno.

'Ti'n haeddu gymaint gwell, Martha,' ychwanegodd Ywain heb sylwi ar yr eironi.

'Bechod,' meddai Elffi, yr unig un oedd i weld ychydig yn siomedig. 'O'n i isio dod i'ch priodas chi, ond oedd o heb 'di gofyn i chdi beth bynnag, nag oedd?'

Nag oedd, Elffi bach. Winciodd Lew arna i ac yna nodio'i ben i gyfarch rhywun tu ôl i mi a rhywsut mi o'n i'n gwybod yn iawn pwy oedd yna heb droi. Ffyc mi. Diwrnod fel'na oedd hi. Mi oedd ganddo'r amseru perffaith erioed. Wedi clywed fy nghyhoeddiad chwyldroadol, fanno yn sefyll efo bwnshiad o flodau tila yn ei law oedd Daf.

'O, ffwcin Jini Mê,' meddai Elffi yn dawel.

'Dim fel'na mae o'n gweithio, Elffi,' meddai Ywain.

'Haia Daf,' meddwn i heb hyd yn oed droi fy mhen yn iawn.

'Lilis 'di rheina?' holodd Elffi. 'Dydi Martha ddim yn licio lilis, ma'n nhw rhoi cur pen iddi, dydyn, Martha?'

Mi oedd Elffi yn iawn ond y blodau oedd ein problem leia ni y funud honno.

'Sorri, Daf,' medda fi a methu meddwl am fwy i ddeud mewn maes parcio oer efo cynulleidfa o'n hamgylch. Ond doedd 'na'm byd mwy i ddeud beth bynnag.

Doedd hi ddim y ffordd ora i orffen efo rhywun ar ôl pymtheg mlynedd, ro'n i'n cyfadda, ond o leia roedd o'n gwybod rŵan a ges i osgoi y sgwrs anodd. Roedd o wedi cael sioc, bechod, ac mi ollyngodd y blodau ar y llawr.

'Ond… ond pam?' gofynnodd y cradur.

'Does 'na'm tingl, nag oes, Daf?' Pam uffar ddudish i hynna? Dwn i'm.

Edrychodd arna i fel petawn i'n drysu,

'E?'

'Dwi'm yn siŵr oedd 'na 'rioed, sti,' ychwanegais i'w ddrysu o'n waeth. Ffeindish i fy hun yn dal llygaid Iwan am eiliad ond ddaru Daf ddim sylwi.

'Ti ar fyshrwms neu 'wbath?' medda fo, yn syllu ar rywun oedd yn gwbl ddiarth iddo rŵan.

Codais y blodau oddi ar y llawr a'u rhoi iddo.

'Yli, dos â nhw i dy fam. Ma hi'n licio lilis.'

RŴAN

GWN

'DEUD MWY WRTHAN ni am y gwn.' Mae Teresa yn llawn egni penderfynol ers i Martha ddechrau siarad. Ella bod 'na werth i'r diwrnod yma wedi'r cyfan a geith hi ychydig o *brownie points* gan Watkins os neith hi ddatrys yr achos hwn. Dydi hi'n bendant ddim am adael i'r llipryn Gareth yna gymryd y clod.

'Be dach chi'n feddwl? Be arall sy i ddeud?' ateba Martha, 'Gwn o'dd o.'

'Wel, disgrifia fo. Sut wn oedd o?' Mae Teresa yn pwyso arni.

'Un mawr?' ychwanega, ddim yn siŵr be arall i ddweud. Mae Teresa yn ochneidio, yn dechrau colli amynedd eto.

'Wel, sut arall dwi fod i'w ddisgrifio fo? Dwi 'rioed 'di gweld gwn o'r blaen. O'dd o'n fawr ac yn hir.'

'*Shot gun?*' cyniga Gareth.

'Ia, ella, fatha sgin rheina sy'n hela.'

Mae PC Teresa Evans yn gallu teimlo ei ffôn yn crynu yn ei phocad ond fysa fyw iddi ei ateb o rŵan. Does dim angen iddi edrych ar ei ffôn i wybod pwy sydd yno. Y peth callaf i'w wneud ydi cario mlaen efo hon a gobeithio fyddan nhw'n cael brêc mewn munud.

'Felly pan wnaethoch chi adael Dolgellau, lle oedd y gwn?' Teresa eto.

'Dwi 'di deud 'thach chi. Mi nath Lewis roi y gwn ym mŵt y Land Rover a 'nes i'm ei weld o wedyn.' Mae Martha yn methu deall pam bod hon yn mynnu mynd ymlaen am y gwn. Doedd y blydi peth ddim yn gweithio, ma'n siŵr, beth bynnag.

'A mi aethoch chi gyd yn y Land Rover wedyn, efo'r gwn, i fyny i Black Rocks? Aethoch chi'n syth i fyny, 'ta stopio yn rhywle ar y ffordd?'

'Na, na. Aeth Ywain ac Elffi efo Lewis yn y Land Rover, a mi aeth Rhys a Denise yn eu car nhw.'

'Ond ym mha gar oeddet ti?' Gareth oedd yn holi rŵan ac yn drysu'n lân efo'r holl enwau a cheir.

'O'n i yn camper-fan Mam a Dad.'

Mae Gareth yn chwilio'n ôl yn ei nodiadau'n frysiog. Does dim sôn am gamper-fan na Mam a Dad cynt.

''Nes i anghofio sôn,' ychwanega Martha. 'Ar ôl i Daf gyrraedd, nath Mam a Dad landio hefyd. Yn Nolgellau. Nhw o'dd 'di deud wrth Daf lle o'n i a mi o'ddan nhw'n teimlo'n euog, felly ddaethon nhw'n ôl o'u gwylia i neud yn siŵr mod i'n iawn. Es i efo Mam a Dad yn y camper, Den a Rhys yn y car a'r lleill yn y Land Rover.'

'A Dafydd?'

'O'dd o 'di mynd erbyn hynny. Tŷ 'i fam, ma siŵr.'

'A syniad pwy oedd mynd i Black Rocks? Dydi dy dŷ di mond rhyw ddeg munud i ffwrdd. Pam ddim mynd syth i fanno?' PC Teresa Evans sy'n trio cael synnwyr rŵan.

'Dad... o'dd o'n poeni am Sean. O'dd o ofn 'sa Sean yn mynd i nhŷ fi. Dyna pam nath o ffonio rhywun o'dd o'n nabod, sy'n gweithio efo chi... gofyn iddo neud yn siŵr bod Mr Stewart ddim o gwmpas, cyn i ni fynd i'r tŷ.'

Mae Teresa yn gwybod yn iawn am y 'ffafr i ffrind' yma oedd wedi styrbio ei noson hi neithiwr. 'Ond pam? Pam fysa Sean yn fygythiad i chi? Jest am ei fod o wedi ca'l *lovers' tiff* efo'i gariad?' Mae Teresa yn dechrau colli amynedd eto ac yn meddwl bod Martha yn dipyn o ddrama cwîn. Mae'n ofni bod fawr o'm byd i'r stori 'ma.

Mae Martha yn mwmian rhywbeth dan ei gwynt.

'Elli di siarad yn uwch plis, Martha, fel bod y tâp yn pigo popeth i fyny?' gofynna Gareth yn bwysig i gyd. Mae Gareth wedi penderfynu galw Martha yn 'ti' rŵan, fel ei bartner. Pam ddylsa fo barchu llofrudd posibl?

'Dim *lovers' tiff* o'dd o! Mi o'dd Sean yn waldio Ywain ers blynyddoedd ac yn ein dilyn ni ers dyddia. Do'ddan ni'm yn gwbod be uffar 'sa fo'n neud nesa. O'dd y boi 'di'i cholli hi! Dyna pam o'n i methu mynd adra! Dyna pam athon ni i Black Rocks! A dyna pam nath Dad neud yn siŵr bo ni gyd yn saff! OK!'

Dydi Gareth ddim yn licio pobl yn gweiddi arno ac mae'n gallu teimlo ei lygaid yn dechra llenwi. Gwna esgus ei fod yn chwilio am rywbeth yn ei nodiadau ond wrth gwrs dydi Teresa ddim am golli cyfle.

'Tisio pum munud, PC Williams?'

'Nadw, PC Evans, dwi'n iawn i gario mlaen. Reit. Be ddigwyddodd unwaith oeddach chi ar y traeth? Pryd a lle welsoch chi Mr Sean?' Mi oedd ei lais yn crynu mymryn ac mi oedd yn drysu ei chi's a ti's eto.

Damia, meddylia Teresa, mi oedd hi'n gobeithio cael pum munud i jecio ei ffôn ond mae hi'n styc yn fama rŵan tan dyn a ŵyr pryd. Cym on, Martha, jest duda be ddigwyddodd fel bod Dadi yn gallu ffonio ei fêt Wilkins eto i gael ffafr arall a dy gael di allan o'r lle ma.

Mae Martha yn cymryd anadl fawr ac yn edrych yn syth ar Teresa, sy'n corddi Gareth achos fo sydd wedi gofyn y cwestiwn.

'O'dd Dad 'di gneud tân ar y traeth i ni gyd, a mi o'dd pawb yn ista o gwmpas yn ca'l rwbath i fwyta ac yfed. O'dd Wilkins newydd ffonio Dad i ddeud bo 'na ddim golwg o neb yn y tŷ felly o'ddan ni'n dechra teimlo ychydig saffach bod Sean ddim o gwmpas...'

CYNT

BLACK ROCKS

'DIOLCH, MARTHA,' MEDDAI Ywain wrth i ni'n dau adael swn y gweddill am ychydig. Mi oedd y llanw yn reit bell erbyn hyn ond mi aethon ni lawr at y môr cyn iddi dwllu yn iawn.

Dwn i'm pam oedd o'n diolch i fi achos do'n i'm 'di gneud dim byd ond cymhlethu pethau efo dramatics Daf a fi. Er mi oedd Daf wedi bod yn fwy dramatic na fi yn stormio o'r maes parcio fel plentyn stroplyd gan weiddi, 'Do'n i'm isio priodi chdi eniwe! Ma ffrindia chdi'n stiwpid! Dydi o'm yn siwtio chdi efo dy wallt i fyny fel'na!'

Roedd bob insylt yn mynd yn fwy plentynnaidd a fues i 'rioed mor siŵr mod i'n gneud y peth iawn yn gorffen efo fo. Yr unig beth o'n i'n damio oedd mod i 'di gwastraffu gymaint o flynyddoedd yn ei gwmni!

'Pam 'nest di aros efo fo os o'dd o'n dy drin di mor ofnadwy?' gofynnais i Ywain.

'Dwn i'm,' medda fo yn tynnu ei sanau a rowlio'i drowsus i fyny i gerdded yn y dŵr oer.

'Meddwl fysa petha'n gwella, meddwl fyswn i'n gallu newid o, newid fi, achos o'dd 'na rwbath o'n i'n neud yn amlwg yn ei wylltio fo.'

'Ac Elffi?'

'Nath o 'rioed frifo Elffi. Fysa fo byth. Fi o'dd y drwg.'

'Chdi?' medda fi ar fin mynd ar gefn fy ngheffyl.

'Yn ei lygaid *o*, dwi'n feddwl. Ac o'n i'n 'i garu fo, neu meddwl mod i, ella. 'Swn i byth 'di aros mor hir os na fyswn i. O'n i'n meddwl mod i'n gneud y peth iawn i Elffi 'fyd. *How wrong was I, Martha?* I feddwl bod hi wedi gyrru'r tecst 'na i Lew yn gofyn am help. *Heartbreaking.*' Mi oedd ei lais yn torri 'chydig.

'Fydd hi'n iawn. Mae'n *tough cookie*,' medda fi a phenderfynu rhoi 'nhraed inna yn y dŵr oer hefyd, ac er mor oer oedd o – mi oedd o'n deimlad braf.

'Rhyfedd be 'dan ni'n gadael i bobl eraill neud i ni, dydi? Maen nhw'n dechrau'n bethau bach ond mae nhw'n mynd yn waeth, yn araf dros y blynyddoedd ac wedyn pan ti'n sylwi, mae'n rhy hwyr,' medda fo, yn gneud ei orau glas i beidio â thorri i lawr yn llwyr o mlaen i.

Mi oedd 'na rwbath am y ffordd ddudodd Ywain 'ni'. Oedd o'n cynnwys fi? Ond nath Daf 'rioed fy mrifo fi, fy hitio. Do'n i'm yn meddwl ei fod o 'di hitio neb erioed, roedd o'n casáu unrhyw fath o wrthdaro.

'Ti'n ffantastig, Martha, ti rili yn, paid gadael i neb ddeud yn wahanol. OK?'

Ella mod i'n deall be oedd o'n trio ei ddeud go iawn ond mod i ddim isio deall. Mi o'n i wedi colli fy hun dros y blynyddoedd ond dim bai Daf oedd hynny. Dim i gyd. 'Nes innau adael i hyn ddigwydd.

'Be rŵan?' gofynnais gan drio droi'r ffocws nôl at Ywain.

'*Who knows?* Gwir ydi, Martha. Dwi mewn *mess*. Mwy o *mess* na 'nes i gyfadda i chi gyd. Dim blip bach ydi hyn. Dwi 'di gwario gymaint dros y ddwy flynedd ddwytha... *escapism*, ella. Do'dd gen i'm ceiniog i fedru gadael Sean taswn i isio.'

'Ond.. dy swydd? Gen ti swydd dda?'

'Arna i gymaint o bres, ti'm yn dallt. Fedra'i ddim mynd yn ôl i Lundain.'

'Ella fedra i helpu, a 'na'i ofyn i Dad, dwi'n siŵr fysa fo…'

'Na. Dwi ddim am gymryd dy bres di na dy dad. Ti 'di gneud digon. Ma Rhys am helpu chwarae teg, 'nes i ddeud wrtho fo am Sean… ac er 'i fod o'n *cocky git*, mae'n foi da. *Deep down, deep, deep down.*'

Gwenais gan gofio am y pres oedd Rhys wedi ei guddio oddi wrth Denise. Er dwi'n siŵr ei bod hi'n maddau iddo rŵan ei bod hi'n gwybod bod y pres am helpu Ywain ac Elffi i adael Sean. Ers Dolgellau, mi oedd pethau i weld yn well rhwng Denise a Rhys. Doeddan nhw ddim yn ffraeo hanner gymaint, diolch byth, ac mi oedd gweld Rhys yn sgwario fyny efo Sean wedi gneud i Denise werthfawrogi ei gŵr, dwi'n meddwl. Er gymaint o'n i'n hoff o Denise, mi o'n i 'di sylwi mor barod oedd hi i feirniadu Rhys a rhoi pwniad iddo bob hyn a hyn pan oedd hi'n mynd yn rhwystredig efo fo. Ella mai bod yn chwareus oedd hi ond mi oedd yr holl beth yn gneud i fi deimlo'n annifyr ac mi o'n i'n gobeithio bysa bob dim oedd wedi digwydd wythnos yma yn gneud lles iddyn nhw.

Mi oedd Ywain wedi dechrau cerdded yn rhy bell i mewn i'r dŵr ac er ei fod wedi rowlio ei drowsus i fyny at ei ben-gliniau, mi oedd y gwaelodion wedi gwlychu. Mi oedd wedi mynd i'w fyd ei hun am ychydig a gafaeles yn ei law i'w dynnu'n ôl i 'myd i.

'Wyt ti wir yn meddwl neith Sean ddod ar dy ôl di fama?' O'n i isio gofyn hyn ers i ni gyrraedd ond mod i ofn.

Stopiodd Ywain a syllu o'i flaen at y gorwel. 'Be sy'n dychryn fi, Martha, ydi bo gen i'm syniad be neith o.'

Grêt. Dim dyna be o'n isio ei glwad. O'n i 'di gobeithio bod

Dad 'di gorymateb yn gofyn i'w ffrind yn yr heddlu fynd i jecio'r tŷ.

Mi oedd hi'n twllu'n sydyn a'r peth dwytha o'n i isio oedd bod fama ar ben ein hunain yn y twllwch.

'Awn ni'n nôl at y lleill? Fyddwn ni'm yn gallu gweld lle 'dan ni'n mynd.'

*

Deud gwir mi oedd hi'n hawdd iawn ffeindio ein ffordd yn ôl at y lleill achos mi oedd y tanllwyth o dân oedd Dad wedi'i greu i'w weld o bell. Pan gyrhaeddon ni, mi oedd Dad wedi arwain y confoi o dri cherbyd i lecyn cuddedig ym mhen pella'r traeth, gan fod y traeth yn cau dros nos, ond hefyd rhag ofn bod rhyw gyn-gariad seicotig yn digwydd bod o gwmpas. Erbyn i Ywain a finnau ymuno â phawb arall, mi oeddan nhw wedi setlo mewn cadeiriau campio ac Elffi a Rhys wrthi'n tostio malws melys ar y tân. O'n i'n gwybod mai Mam a Dad oedd 'di dod â'r holl bethau 'ma. Mi oedd Dad yn sgowt da a phob dim fysa rhywun angen ganddo fo yn y camper-fan. Pan welodd Mam ni'n dau yn cerdded yn ôl mi neidiodd i'r fan i nôl dwy gadair arall.

'Nes i roi'r hyg mwyaf i Mam a doedd hi ddim yn medru deall y fath werthfawrogiad am gadair, ond mi o'n i wir wedi ei cholli hi a Dad. Oedd 'na gymaint wedi digwydd yn y dyddia dwytha ac er bod gen i deimlad hyll yn fy mherfedd, mi o'n i hefyd yn gwybod y bysa bob dim yn iawn am bod Mam a Dad yma. Tra bod pob un arall yn eistedd a mwynhau, mi oedd y ddau ohonyn nhw (yn eu cotiau yr un fath) yn ffysian o amgylch pawb, yn gneud yn siŵr eu bod yn ddigon cynnes, yn ddigon cyfforddus, efo rhwbath i yfed a bwyta.

'Yffach, Sian, dere i ishte lawr am bach, fenyw! Dere man hyn ar bwys fi i ni ga'l *catch up*.'

Aeth Mam i ista at Rhys a 'nes i sylwi ar ryw awgrym bach o genfigen ar wyneb Denise. Oedd rhaid i fi atgoffa fy hun bod rhain i gyd yn nabod ei gilydd cynt – mi oedd Rhys yn nabod y Sian a Breian ifanc, ar ddechrau eu bywyd efo'i gilydd, ac mi o'n innau ychydig yn genfigennus am reswm gwahanol i Denise. Fyswn i 'di bod wrth fy modd yn nabod y ddau o'r adeg yna, y ddau unigolyn yn hytrach na'r cwpwl yma oedd bron wedi mowldio yn un person erbyn hyn. Gofish i'n sydyn fod Rhys wedi gneud rhyw sylw pan oeddan ni yn y car o Gaerdydd bod 'dy fam yn yffach o fenyw smart' ac ella bod Denise yn cofio hynny hefyd. Yn sicr mi oedd Rhys yn gneud mwy o ymdrech ers i Mam ddod ac o'n i'n siŵr ei fod o'n rhoi rhyw lais newydd ymlaen hefyd. Yn sydyn mi waeddodd Denise ar Elffi, oedd erbyn hyn yn edrych yn cŵl iawn wrth y tân yn ei siwt Black Panther a llond ceg o'r malws melys.

'DJ Elffi! Rho bach o fiwsig mlaen!'

Ac i gefndir Tina Turner, Anhrefn, Harry Styles, Eden a 'chydig o Ryan Davies i Lewis, mi gawson ni barti hwyr nos yn ein hafan bach yng ngogledd Cymru.

'Cym on, Sian, dewch i ddanso,' meddai Denise oedd wedi llusgo Rhys i fyny ac yn trio gneud y twist ond wedi ffeindio'n sydyn nad oedd o ddim mor hawdd ag oedd hi'n gofio.

'Alla'i fynd lawr yn olréit ond fi ffili dod nôl lan,' meddai ac mi oedd pawb yn chwerthin yn gweld Rhys a Mam yn helpu Denise yn ôl i fyny o'r tywod. Mi oedd Lew, oedd wedi ei lapio mewn blanced, yn mwynhau tsioclet poeth Mam a gwylio'r dasg o godi Denise.

Daeth Dad ata i a sibrwd yn fy nghlust, 'Newydd gael galwad

gan Wilkins. Dim golwg o neb yn y tŷ nac yn y cyffiniau, felly bob dim yn iawn, blodyn.'

Ychydig o ryddhad, er mewn gwirionedd, roedd y bygythiad yn agosach nag oedd yr un ohonon ni'n feddwl ar y pryd.

Tynnodd Dad ei gadair yn nes at f'un i a phasio potel bach o gwrw a brechdan becyn i fi ond doeddwn i ddim am yfed heno. O'n i'n mwynhau cwmni pawb ond o'n i isio cadw pen clir. Fedrwn i ddim stumogi fawr o'r frechdan chwaith.

'Ty'd, fydd bob dim yn iawn 'ŵan, pwt. Trystia fi,' medda fo efo gwên fawr.

'Diolch, Dad.'

'Duwcs, gynnon ni bob dim yn y fan 'ma, sti.'

'Dim am y frechdan, Dad... diolch am ddod i nôl fi, am ddod â ni i fama... am bob dim.'

Gwenodd Dad ac edrych ar y cylch o bobl o'i gwmpas, lle roedd Elffi ac Ywain wedi ymuno yn y dawnsio erbyn hyn.

'Criw iawn, dydyn?' medda fo.

'Yndyn,' medda fi, 'ond Dad... dwi'm yn meddwl mod isio gwbod pa un... ti'n gwbod.'

Gafaelodd yn fy llaw. 'Ma fyny i chdi, pwt. Fyny i chdi... ond o'dd dy fam a finna yn teimlo ei bod hi ond yn iawn bo chdi'n cael gwybod. Ma gen ti'r hawl i'r dewis yna. Chdi biau fo.'

Ac oedd rhaid i fi ofyn:

'Ond pam rŵan? Ar fy mhen-blwydd yn dri deg dau? Pam ddim yn ddeunaw, neu un ar hugain? Ma tri deg dau yn oed mor od i ddeud wrtha fi!'

'Ydi o? Dwn i'm,' medda fo yn dal i wenu. 'Mae o'r oed perffaith i neud y math yma o daith, fyswn i'n ddeud.' A chymrodd lwnc bach o'i botel gwrw cyn gofyn, 'Daf 'di mynd at ei fam am 'chydig?' Nodiais fy mhen ac ychwanegodd Dad 'da iawn' cyn mynd at Mam a'i chodi hithau i ddawnsio er ei bod hi newydd eistedd am y tro cyntaf y noson honno.

Allan o nunlla neidiodd rhywun ar fy mhen ac mi sgrechiais dros bob man. Mi oedd Black Panther (Elffi) yn meddwl bod f'ymateb iddi yn ddoniol iawn. Fel pawb arall. Sut oeddan nhw wedi gallu anghofio am faes parcio Dolgellau mor hawdd tra mod i'n dal i grynu yn meddwl am y gwn yna!

'Elffi, fedri di'm neidio ar bobl fel'na! Deud sorri wrth Martha.' Dim ond Ywain oedd wedi sylwi bod fy nghalon yn fy ngwddw.

'Sorri, Martha. Ydan ni'n cysgu ar y traeth heno? Plis gawn ni?'

Edrychodd Ywain arna i. Ers Dolgellau mi o'n i wedi dechrau gneud y rhan fwya o'r penderfyniadau. Mi oedd o'n edrych arna i am ateb eto ond doedd gen i'm clem be o'n i am neud ar ôl gorffen y frechdan bacon heb sôn am nes mlaen.

'Dwi'm yn siŵr be 'dan ni'n neud eto, Elffi, ond nawn ni sortio rwbath, paid poeni,' medda fi wedi madda rhywfaint iddi.

Mi oedd hynny yn ddigon da i Elffi am rŵan ac mi aeth hi'n ôl i fwydro Lew.

'Ti 'di colli sôs coch ar dy dop,' meddai Ywain wrth ddod â'i gadair yn nes ata i.

Blydi blêr, medda fi wrtha i'n hun, finna newydd wisgo crys T gwyn glân amdana i.

'Ti'n grêt efo hi.' Edrychai Ywain yn falch iawn o'i ferch. 'Ma rhaid bo ti'n athrawes ffab.'

Mi o'n i wedi dechra hiraethu am fy nosbarth bach. Yn ystod fy wythnos *hunanddarganfod* hollol boncyrs do'n i ddim wedi 'darganfod' mod i yn y swydd anghywir a mod i angen mynd i Fietnam ar gefn moto-beic i ffeindio fy hun. O'n i'n gwybod yn fwy nag erioed mod i'n gneud y swydd o'n i fod i'w gneud.

'Dwi angen gneud yn siŵr bod hi'n saff, Martha. Dwi'n gwbod fydd o'n anodd... ond dwi am fynd at yr heddlu fory, deud bob dim... am be ma Sean 'di bod yn neud.' Rhoddodd ei fyg plastig ar lawr ac yn araf cododd ei grys a dangos y cleisiau ar hyd ei stumog ac ar hyd ei ochr. Rhai yn amlwg yn hen a rhai yn fwy newydd. Neithiwr. Mi oedd yna greithiau hefyd, dipyn ohonyn nhw. Mewn llefydd oedd yn hawdd i'w cuddio. Be ddiawl o'n i fod i ddeud rŵan? O'n i'n gallu teimlo'n hun yn corddi yn meddwl am y bwli afiach yna. Es i mewn am hyg mawr a'i wasgu fo'n dynn, er fy mwyn i yn fwy na fo, ella, a doedd o'm y peth gora, mae'n siŵr, gan ei fod o'n gwingo mewn poen ond mi oedd o'n gwerthfawrogi'r gefnogaeth, gobeithio.

'Gei di ac Elffi aros efo fi am faint bynnag dach chi isio.' Cynnig heb feddwl ond o'n i'n benderfynol o drio helpu gymaint ag o'n i'n gallu.

'Be am Daf?' gofynnodd Ywain. 'Ti'm yn weld o'n trio dod nôl?'

'Dwi'm yn meddwl, pwdu a disgwl i fi fynd i grafu ato fo ond na, wna i ddim.'

'Dechra newydd i'r ddau ohonon ni, 'ta?... A be am ddechrau y dechrau newydd yma yn gyrru neges bach i Iwan? Weles i o'n rhoi ei rif i chdi,' medda fo yn tywallt mwy o win i'w fyg plastig glas.

'Na,' medda fi gan esgus yn wael iawn mod i heb feddwl gneud hynny o gwbl.

'Pam?'

Gafaeles i yn y botel gwrw oedd Dad 'di gadael i fi a phenderfynu fysa un ddim yn gneud drwg.

'Alla'i ddim yn hawdd iawn,' medda fi.

'Pam? Achos Daf? OK, *bit soon* ond *new motto – go for it*,' mynnodd Ywain efo'i egni newydd.

Yn amlwg mi oedd Ywain wedi anghofio'n llwyr lle cychwynnodd yr wythnos yma. Rois i'n llaw yn fy mhoced a theimlo'r papur gan wybod bod enw Llŷr yn glir yn rhif pedwar. Do'n i ddim callach pa un o'r pump oedd fy nhad beiolegol felly sut uffar allwn i yrru neges at Iwan pan fysa fo'n gallu bod yn hanner brawd i fi?

Yn ystod fy monolog mewnol mi oedd Ywain yn raddol wedi deall y deilema. Gafaelodd yn ei fyg plastig eto a nodio ei ben at y camper-fan a mewn â fo. Mi gymres mod i fod i'w ddilyn felly mi 'nes i tra bod pawb arall yn rhy brysur yn siarad i sylwi ein bo ni wedi mynd. *Bodyguards* da oedd rhain!

Mi oedd 'na uffar o lanast yn y camper-fan. Mi oedd Mam a Dad 'di bod yn edrych ar ôl pawb heno fel rhyw elyrch gosgeiddig ond mi oedd eu traed bach wedi bod yn mynd ffwl sbid a'u hoel yn amlwg yn y fan 'ma! Dechreues i glirio rhywfaint.

'Ty'd i ista fama am funud,' meddai Ywain yn gneud lle ar y soffa galed oedd hefyd yn troi'n wely.

'Dwi'n gwbod bo chdi 'di penderfynu bo chdi ddim isio gwbod pa un o'r pump ohonan ni ydi o...'

'Yndw, ma hi'n rhy fuan. Ella mewn blynyddoedd pan fydda i wedi gallu gweithio petha allan yn fy mhen yn well. A dwi'm isio creu llanast ym mywydau pawb. Sbia llanast dwi 'di greu wsos yma!'

'Fyswn i'm yn alw fo'n lanast, Martha.'

Gafaelodd yn fy nwy law cyn deud,

'Be tasa chdi'n gallu cael gwybod rŵan, heb fynd drwy'r hasl o *tests and all that shit?*'

Do'n i'm yn dallt be oedd o'n drio ei ddeud ond doedd o ddim am ollwng fy llaw.

'*Life's too short,* Martha, dwi 'di dallt hynna o'r diwedd. 'Nes i weld y *connection* rhyngtha chdi ac Iwan bore 'ma. Deud y gwir rŵan, sut mae o'n gneud i chdi deimlo?'

Oedd hyd yn oed clwad ei enw yn neud rwbath i fi ac o'n i'n gallu teimlo'n hun yn mynd yn goch, a dwi'n siŵr bod fy nwylo i'n chwsu hefyd, ond ella mai'r ffaith bod hwn yn eu gwasgu nhw mor dynn oedd hynny.

'Be... be taswn i'n deud wrtha chdi, bod hi'n hollol iawn i chdi fynd efo Iwan a fysa fo ddim fel pennod o nofel gan George RR Martin?'

'Fyswn i'm yn coelio chdi.'

'Be taswn i'n deud wrtha chdi bo fi'n *hundred and ten per cent* siŵr bod hi'n iawn i chdi ac Iwan fod efo'ch gilydd.'

'Fyswn i'n deud bo chdi'n *shit* yn maths achos fedri di'm ca'l mwy na *hundred per cent.*' Ond wedi eiliad o feddwl am be ddudodd Ywain 'nes i ddechrau dallt be oedd o'n drio'i ddeud.

'Ywain! Wyt ti'n trio deud wrtha fi mewn ffordd sy ddim yn gynnil iawn, pa un o'r pump ydi o?'

Gwenodd i gadarnhau. Mi o'n i'n chwsu'n waeth erbyn hyn ac mi o'n i'n siŵr bod 'y nghalon i 'di torri'r ffit bit hefyd achos doedd hi 'rioed 'di mynd mor gyflym. Oedd hwn yn gwybod yr holl amser yma? O'n i'n mynd i gael gwybod rŵan? Ond o'n i'm isio gwybod... 'ta, o'n i? Ffyc mi, Ywain! Fatha bod y diwrnod yma ddim 'di bod yn ddigon trawmatig fel oedd hi.

Tra o'n i'n trio penderfynu o'n i isio gwybod, a thrio penderfynu o'n i'n flin efo Ywain am beidio deud dim byd tan rŵan *os* oedd o'n gwybod, glywes i'r geiria yn atseisio o amgylch y camper-fan clostroffobic.

'Fi ydi o.'

Oedd 'na ran ohona i isio rhedeg allan ond oedd 'na ran arall ohona i isio ista yn fanna i'w glwad o'n ei ddeud o eto...

'Fi ydi o.'

'Ond sut... sut ti'n gwbod...? Sut ti'n gallu bod mor siŵr?'

'Fi o'dd y pump. Y sampls. *All mine.*'

'E?'

'*Honestly.* Dydi dy fam a dy dad ddim yn gwbod hyn, OK, ond nath y pump ohonan ni gytuno i adael i fi... wel, i fi roi'r sampls i gyd. Ar y pryd o'n i'm efo neb a do'n i'm yn meddwl fyswn i byth yn ca'l plant... o'dd petha'n wahanol adeg yna cofia... o'n i angen gwbod bod 'na rhywun ar ôl fi... y bysa 'na 'chydig bach o Ywain Stevens yn troedio'r ddaear 'ma ar f'ôl i.'

'Dramatic,' meddyliais. A'i ddeud yn uchel.

'Sorri. Sorri am beidio deud ond pan 'nest di landio yn yr ysbyty o'dd 'na gymaint yn mynd mlaen yn 'y mywyd i... o'n isio treulio mwy o amser efo chdi, dod i nabod chdi ond o'n isio esgus i adael Llundain am 'chydig hefyd. Sorri.'

'Stopia ddeud sorri.'

'Sorri.'

Gwenais. Y gwir oedd, doedd dim angen iddo fod yn sorri o gwbl. O'n i'n falch, a dim oherwydd Iwan, er bod hynny yn fonws bach, ond oherwydd Ywain. Ac Elffi.

'Gen ti dad ffantasig, Martha...'

'Oes,' medda fi'n bendant.

'A dwi'm isio gneud dim byd i newid hynna – sbïa llanast

dwi 'di neud o fywyd Elffi. Ond 'swn i'n licio bod yn rhan o dy fywyd di, os ga'i.'

Am y tro cyntaf ers fy mhen-blwydd doedd clwad y gair 'Dad' ddim yn mynd â fy ngwynt.

★

Ar ôl yr holl ddawnsio, y *bacon baps*, malws melys, gwin, cwrw a phanad i Lew, mi oedd pawb wedi setlo yn ôl yn eu cadeiriau yn syllu ar y tân a sŵn y môr yn gefndir i fwy o straeon dyddiau coleg. Mi oedd hi'n hwyr ac er bod Elffi yn esgus ei bod hi heb flino, mi oedd rhaid dechrau meddwl lle oedd pawb am gysgu heno. Doedd dim lle i bawb yn y camper nac yn Astra Rhys a Denise a dwi'm yn meddwl bod y Land Rover yn ffit i neb. Er bod Dad wedi deud bod bob dim yn iawn rŵan do'n i'm yn teimlo'n hollol saff yn mynd adra, er fyswn i'n gneud rhwbath am gael cysgu yn fy ngwely fy hun. Fel o'n i'n trio gweithio pethau yn fy mhen, mi gododd Lewis a chyhoeddi ei fod am fynd yn ôl i'r fferm. Cafodd Elffi bwl o banic a rhedodd ato gan afael yn dynn ynddo. Doedd hi ddim am adael iddo fynd yn hawdd iawn.

'Dere nawr, bach. Pwy sy'n mynd i edrych ar ôl yr holl anifeilied os fi'n campo lan fan hyn? Fydd Wilma yn whilo am yr hen Lew yn bob man a fydd Jaci Soch Un a Jaci Soch Dau wedi torri miwn i'r tŷ isie brecwast os na wi nôl erbyn bore! Meddyla'r *mess* wedyn!'

Mi lwyddodd i gael gwên ganddi ond doedd hi ddim am ollwng gafael ynddo chwaith. Camodd Ywain ati a gafael yn ei llaw yn ofalus.

'Yli, Elffi, ewn ni i weld Lew eto yn fuan. 'Na'i hyd yn oed mynd i'r cwt ieir i ddeud helô wrth Wilma a Wil. Gawn ni ddod nôl am fisit, cawn, Lew?'

'Wrth gwrs 'nny. Ma isie help arna i nawr bo fi'n hen ŵr,' meddai Lew gan esgus cerdded yn ei grwman. Llwyddodd i ennyn chwerthiniad bach gan Elffi rŵan. Mi oedd 'na obaith i'r cradur gael mynd adra felly. Gwenodd Ywain ar Lew yn ddiolchgar cyn deud yn hyderus wrth Elffi,

'Fydd bob dim yn iawn rŵan, mae pawb yn saff. A dwi am fynd at yr heddlu bore fory a deud bob dim.'

Edrychodd Elffi arno yn ansicr ac ychwanegodd Ywain, 'Dwi'n addo'. Triodd wenu fel arwydd ei bod hi'n hanner ei gredu ond mi oedd clywed yr addewid yn ddigon i Lewis deimlo'n hapus i fynd a'n gadael. Efo'r heddlu yn chwilio am Sean a gymaint ohonon ni yno, go brin bod mwy y gallai'r hen ddyn gynnig. O'n i dal yn siŵr, wel, yn gobeithio, bod 'na ddim bwledi yn y gŵn oedd yn gorwedd yng nghefn y Land Rover.

Neidiodd Lewis i mewn i'w Land Rover yn ddi-ffys cyn bod 'na fwy o ddramatics a diflannodd i'r pellter. Dwi'm yn meddwl iddo sylwi ei fod o wedi anghofio rhoi ei olau mlaen. Neu ella eu bod nhw ddim yn gweithio ar yr hen beth. Wedi'r cyfan, mi oedd o'n edrych fel rhwbath ddyla fod mewn amgueddfa yn rhwla.

Wrth i bawb arall setlo'n ôl yn eu cadeiriau, mi o'n i angen symud ychydig, ar ôl treulio gymaint o amser yn ista ar fy nhin yn y car wythnos yma. Penderfynais fynd am dro i glirio fy mhen ond oedd yna rywun bach yn mynnu dod efo fi ac o'n i'n methu gwrthod a hithau'n dal wedi ei siomi bod Lew newydd fynd. Felly mi aeth Elffi a fi am dro dros y twyni am y pentref, yn y twllwch, efo dim ond golau bach fy ffôn. Gwirion, dwi'n gwybod, ond mi oedd bob dim yn iawn, 'doedd, medda Dad? Ac mi oedd gen i fy archarwr bach efo fi.

RŴAN

CYLLELL

'ADYNA PRYD welsoch chi Mr Stewart?' Mae Teresa, fel Gareth, yn cael trafferth yn dilyn stori Martha. Yr unig beth mae hi isio wybod ydi pwy ma hon 'di ladd, yn lle a sut.

Mae Teresa yn sylwi bod Martha yn chwarae efo'i dwylo bob tro mae Mr Stewart yn cael ei enwi ac mae'n amlwg bod y boi yma wedi codi ofn arni. Ella fysa gan y blismones fwy o amynedd ac y bysa hi'n teimlo bechod drosti ar ddiwrnod arall ond mae hi wir angen ffonio ei mam. Mae'n reit siŵr mai dyna pwy sy'n ffonio bob munud ac mae hi'n teimlo'r ystafell yn cau amdani efo bob eiliad maen nhw'n wastraffu.

'Mae'n rhaid ei fod o wedi'n dilyn ni... ac wedi bod yn ein gwylio ni drwy'r amser ers i ni gyrraedd y traeth... a'r munud welodd o bod Elffi a fi ar ben ein hunain... wel, o'dd o'n ddigon o ddyn wedyn i ddod allan, 'doedd?'

'Be o'dd o isio?' gofynna Teresa.

'Elffi.'

'Ei ferch. O'dd Mr Stewart isio ei ferch yn ôl?' Mae yna dinc beirniadol i gwestiwn Teresa. Mae hi wedi cymryd yn erbyn Martha ers y dechrau ac oherwydd hynny mae'n gweld ei hun yn cael ei thynnu i gefnogi Sean Stewart, dyn dydi hi erioed wedi'i gyfarfod, ond yn ei phen, dyn oedd â pherffaith hawl i weld ei ferch. Mae Teresa wedi penderfynu bod hon yn gneud môr a mynydd o bethau hefyd. Er ei bod hi wedi cyfaddef, beryg ei bod hi heb ladd neb chwaith.

'Oedd, mi oedd o isio ei ferch yn ôl ond doedd ei ferch ddim isio mynd!' meddai Martha yn flin.

'Lot o blant ddim isio gneud be ma'n nhw fod, nadyn? Os oedd hi'n ca'l hwyl yn y "parti" ar y traeth, fysa hi ddim isio mynd adra efo'i thad.' Dydi Teresa ddim yn gwybod pam ei bod hi'n mynd ar y trywydd yma, dydi hi mond yn gwastraffu'i hamser ei hun ond mae hi'n methu peidio tynnu'n groes i Martha.

'Lot o blant ddim efo tad sy'n waldio pobl chwaith! O'n i'n meddwl fysach chi'n falch mod i'n trio amddiffyn hogan bach wyth oed!'

Yn hwyr yn y dydd mae Gareth yn sylwi bod 'na densiwn rhwng y ddwy ac mae o'n trio achub y sefyllfa.

''Dan ni'n deall hynna, Martha. Wrth gwrs mi oedd rhaid edrych ar ôl yr hogan bach... ond dwi'n siŵr bo chdi wedi deud ynghynt...' medda fo'n fflicio drwy ei bapurau yn sydyn, 'o, ia, ma fo, "doedd Sean rioed 'di hitio Elffi".' Roedd o'n dangos ei hun rŵan.

'Ia, naddo, ond mae 'na fwy na un ffor o frifo plentyn, 'does, a mi oedd o 'di cholli hi'n llwyr neithiwr, do'n i'm yn nabod o... do'n i'm yn gwbod be fysa fo'n neud. Mi o'dd o'n trio gafael ynddi ond o'dd hi'n 'i wthio fo i ffwrdd a'i gicio a...'

'A be, Martha? Be 'nest di i'w stopio fo?'

'Dwi'm yn siŵr. A'th hi'n flêr... oddan ni gyd ar draws ein gilydd ac o'dd 'na strygl rhwng Sean a fi... o'dd na gyllall a rwsut... a'th Sean lawr.' Mae Martha yn sylwi ei bod hi wedi rhwbio ei dwylo gymaint nes eu bod nhw'n goch a briw yn codi. Mae'n gweld bod Teresa yn sylwi hefyd, felly mae'n rhoi ei dwylo o dan y bwrdd a thrio rheoli ei hun.

'O le dda'th y gyllell, Martha?' gofynna Gareth â'i lais yn mynd wythawd yn uwch ar y gair 'cyllell'. Mae o'n dechrau deall nad ffilm arswyd ydi hyn ond bywyd go iawn a dydi o'm yn siŵr a oes ganddo'r stumog i lofruddiaeth waedlyd.

'Dwi'm yn gwbod, ma siŵr bod hi gan Sean.'

'A lle mae'r gyllell rŵan?' Mae'n mentro holi gan drio cael gwared ar y lluniau llawn gwaed.

'Dwi'm yn gwbod.'

'Pam naethoch chi ddim ffonio'r heddlu?' gofynna ei bartner.

'Dwi'm yn gwbod. Panicio, ma'n siŵr. Isio ca'l Elffi i le saff... o'n i'n meddwl mai dim ond 'di brifo oedd Sean ac ella 'sa fo'n dod ar ein hola hi.'

'A nathoch chi dal ddim ffonio'r heddlu,' medda Teresa efo hanner gwên. 'Be wnaethoch chi wedyn?'

'Rhedeg o 'na, mynd i nhŷ fi a ffonio Ywain o fanno i ddod yno. Ond 'nes i ddeud wrtho fo am beidio deud wrth y lleill. O'n i isio gneud yn siŵr bod Elffi yn iawn ac yn saff. Dda'th Ywain yna ac yn y diwedd mi wnaethon ni lwyddo i ga'l Elffi i gysgu. A 'nes i orwedd ar fy ngwely tan y bora. Do'n i'm yn gwbod mod i wedi ei ladd o tan clwad ar y radio yn eich car chi.'

'Ond–' Fel mae Teresa am ofyn y cwestiwn tyngedfennol, dyma'r plismon oedd yn y dderbynfa yn dod drwy'r drws dan dagu.

'Teri – galwad ffôn i chdi. Well i chdi ddod,' medda fo gan lusgo ei hun nôl allan.

Gwthia Teresa ei chadair i'r llawr wrth godi a brysio allan gan adael Martha yn ail-fyw digwyddiadau neithiwr a Gareth heb unrhyw syniad be sy'n mynd ymlaen.

CYNT

SEAN

DOEDD O DDIM am symud. Dim ond sefyll yn fanna o'n blaenau. A doedd 'na neb o gwmpas. Mi o'n i'n gwybod bod Elffi yn crio er nad oedd dim smic i'w glywed. Mi oedd y graduras ofn anadlu. Finna 'fyd. Doedd 'na'm pwynt imi esgus mod i'n ddewrach. Ond mi o'n i'n gwybod bod 'na ddim ffordd yn y byd o'n i am adael iddo fynd ag Elffi. Ac yn yr acen fwyaf Cymreig i mi ddefnyddio erioed mi ddudes wrtho.

'*Go* awê!'

Cymrodd gam yn nes ata i ac er mod i'n crynu o'n sowdl i 'mhen mi drish i wthio 'nhraed mewn i'r tywod i sadio'n hun.

'*Stay out of other people's business, love. Go back to your little party and tell Ywain he can see Elffi when he comes back to London. You'll 'ave to pay for his train 'cause he's got fuck all. The pathetic waster's thousands of pounds in debt, that's the loser you're protecting.*'

'*Stop it,*' meddai llais bach wrth fy ochr. '*Don't speak about Dad like that.*'

'*Come on, Elffi, let's go home. We'll sort all this out at home, baby. You know we always do,*' medda fo efo'r wên fwyaf afiach i mi ei gweld erioed.

Os oedd honna i fod i berswadio'r hogan bach doedd ganddo'm gobaith. Gollyngodd Elffi fy llaw ac fel tae hi oedd yr amddiffynnwr yn ei gwisg Black Panther, mi gamodd o fy mlaen ac edrych i fyny ar Sean.

'*No. I don't want to go home. And I don't want you to hurt Dad anymore.*' Doedd hi ddim yn crynu rŵan, mi oedd hi wedi ffeindio ei llais o rywle a doedd dim ffordd roedd hi am fynd efo Sean o'i gwirfodd. Yn anffodus sylweddolodd yntau hynny hefyd ac mi edrychodd arna i.

'*You been in her head? Making me out to be an evil monster? Come on, Elffi! Now!*' Ac mi gydiodd ynddi, ei choesau bach yn cicio cymaint ag oedd hi'n gallu. Dechreuodd hi weiddi hefyd ond rhoddodd o'i law ar draws ei cheg i'w thawelu. O'n i erioed 'di teimlo mor anobeithiol! Gymaint ag o'n i'n trio ei thynnu hi yn ôl a'i wthio fo i ffwrdd, oedd o jest mor gryf. O'n i wedi meddwl mod i'n gryf, ar ôl yr holl flynyddoedd o nofio. 'Nes i feddwl baswn i'n reit dda am amddiffyn fy hun petai angen a bod gen i freichiau cryf ond 'nes i sylwi yn y foment yma y bysa hwn 'di gallu torri 'mraich i efo un symudiad bach. O'n i'n teimlo'n sorri drosta i'n hun am fod mor wan ac yna… ynghanol y sŵn myglyd, y cicio a'r panic, mi gofish i… ac es i i 'mhoced. Gofish i mod i wedi piciad nôl i'r camper-fan cyn dod am dro … ac wedi estyn cyllell. Mae gen i gymaint o ofn cyllyll ers pan o'n i'n blentyn, methu diodda edrych ar y llafn am ryw reswm, a dwi bob amser yn gorfod eu gorchuddio nhw efo rhwbath. Ond y noson honno mi o'n i wedi rhoi cyllell yn fy mhoced. Rhag ofn. Ac yn fy mhanic o'n i'n methu ei chael hi allan o 'mhoced a phan 'nes i, mi ollyngais hi ar y llawr. Pathetic!

Sylwodd Sean ar y gyllell yn syth ac er ein bod ni'n dau wedi neidio i'w hestyn, wrth gwrs fo oedd gyntaf.

'*Really? A knife?*' medda fo yn gwenu a rhedeg y gyllell i lawr fy ngwyneb a 'ngwddw, '*How useful*'. Rhoddodd y gyllell yn ei law chwith a rhoi ei fraich i lawr. Do'n i'm yn dallt be oedd o'n neud ond angen ei law yn rhydd oedd o, achos y peth nesa o'n i'n wybod oedd mod i wedi cael y slap fwyaf ar draws fy ngwyneb, digon i 'nharo i i'r llawr. Wrth i fi drio codi mae'n rhaid bod Elffi wedi brathu llaw Sean, yr un oedd yn dal y gyllell, achos mi oedd hi wedi cael gafael arni ac yn sydyn mi oedd Sean ar y llawr, Elffi yn sgrechian a'r gyllell yn syrthio yn araf i'r tywod.

Mae bob dim ddigwyddodd wedyn yn ddryslyd. Yn un cwmwl mawr niwlog. 'Nes i drio'i helpu fo, dwi'n siŵr o hynny, ond oedd 'na waed, gymaint o waed, a'r rhan fwyaf ohono drosta i. Yr unig beth o'n isio ei neud oedd cael Elffi o 'na. 'Nes i'm hyd yn oed meddwl mynd nôl at y lleill, dim ond rhedeg adra. Rhyw hanner awr oedd hi'n gymryd i mi redeg o'r tŷ i Black Rocks fel arfer ond doedd gen i'm syniad faint gymrodd hi y noson yna. Llai yn bendant. Mi 'nes i gario Elffi rhywfaint o'r ffordd ac o'n i'n cofio deud drosodd a throsodd 'mae'n iawn, fydd bob dim yn iawn'. Ac o'n i'n ei feddwl o 'fyd. Mi o'n i am neud yn siŵr bod bob dim yn iawn.

RŴAN

CORFF

Pan mae Teresa yn dod yn ôl i mewn i'r ystafell fach lwyd mae Gareth wedi codi ei chadair hi yn ôl i'w lle, wedi clirio ychydig ar y papurau ac wedi nôl paned i'r tri. Dydi Teresa ddim yn sylwi wrth gwrs. Mae ei meddwl hi yn llwyr ar yr alwad ffôn mae newydd ei chael gan ei mam, oedd yn ei dagrau, yn chwilio am ei mam hithau, er bod honno wedi marw ers ugain mlynedd. Mae PC Teresa Evans yn eistedd yn ei hôl a'r tro hwn does dim brys arni i fynd adra i wynebu pethau yn fanno.

'Reit, 'ta, Martha Roberts, gawn ni fynd yn ôl i'r peth dwytha wnest di ddeud,' meddai Teresa gan nodio ar Gareth i'w brocio i ddarllen rhan olaf datganiad Martha. Unwaith mae'n gorffen, mae Teresa yn pwyso ymlaen ac yn edrych ar Martha,

''Nest di ddeud bo chdi ddim yn gwbod bod chdi 'di ladd o nes i chdi glwad ar y radio yn y car.'

'Do...'

''Nest di glwad enw Sean Stewart?'

'Ym... naddo ond–'

Dydi Martha ddim yn deall be mae hi wedi ei wneud o'i le.

'Dwi'n gwbod be ddigwyddodd neithiwr... fel neshi ddeud... o'ddan ni ar y traeth... 'nes i adael o yna... a ma'n

164

nhw 'di ffeindio'r corff.' Mae Martha yn mynd yn ôl dros ddigwyddiadau neithiwr ac yn methu deall pam bod rhaid iddi wneud hynny eto. Mae hi wedi egluro be ddigwyddodd ac wedi cyfaddef ei bod wedi ei ladd, felly be ddiawl 'di problem hon?

'Dim corff Sean Stewart ydi'r corff ar y traeth, Martha.'

Mae'r ebychiad uchel yn dod o'r chwith i Teresa, sef gan Gareth. Mae Martha yn synnu hefyd ac yn syllu mewn anghrediniaeth ar y ddau blismon gyferbyn â hi.

'Ond ma rhaid mai Sean ydi o. Nathoch chi ddeud bod 'na gorff yna, nathoch chi ddeud bod o 'di cael ei drywanu... nathoch chi...'

'Naethon ni ddeud mai Sean oedd o?'

'Naddo!' meddai Gareth dros yr ystafell er nad cwestiwn iddo fo oedd hwn.

Mae Martha yn codi am y tro cyntaf ac yn cerdded at y wal. Mae'n anadlu'n sydyn wrth iddi drio prosesu be sy'n digwydd a'r peth cyntaf sy'n mynd drwy'i phen hi ydi: os nad ydi Sean yn gorwedd yn farw ar y traeth yna, lle mae o?

'Stedda'n ôl i lawr plis, Martha.'

Mae calon Gareth yn mynd ffwl pelt hefyd ac mae'n llowcio'i baned i drio arafu ei anadlu. Dydi hynny'm yn gweithio ac mae ganddo ddiawl o boen yn ei frest rŵan. Mae'n troi tudalen i gael un lân i neud ei nodiadau. Ond does ganddo ddim syniad be i ysgrifennu.

Mae Martha yn eistedd ond rŵan mae hi eisiau gadael yr ystafell mor fuan â phosib. Mae hi angen ffonio Ywain a does ganddi ddim syniad sut mae'n mynd i allu gwneud hynny.

'Alla i ga'l pum munud? Dwi heb ga'l brêc ers dwi yma, dwi heb ga'l siarad efo neb arall. Dwi siŵr dwi fod i ga'l galwad ffôn neu rwbath?'

Mae Teresa yn anwybyddu cwestiwn Martha.

'Lle mae'r corff, Martha?'

Dydi Martha ddim yn gwybod sut i ateb.

Sibryda Gareth yng nghlust ei bartner. 'Sorri, pa gorff 'wan?'

'Lle mae corff Sean, Martha?'

'Dwi 'di deud… ar y traeth, yn y twyni wrth y llwybr at y clwb,' meddai Martha, yn llai hyderus o hynny tro yma.

'Does 'na ddim byd yna, Martha. Maen nhw wedi bod yn chwilio ar hyd fanno a does dim dropyn o waed, dim cyllell a dim golwg o Sean,' medda PC Teresa Evans, sy'n hollol siŵr bod ei greddf am hon yn iawn.

Mae Martha yn rhoi ei phen yn ei dwylo. Mae'r stafell yn troi rŵan.

Mae Teresa'n ochneidio, cau ei llyfr a stopio'r tâp. Mae'n codi o'i chadair ac, yn gyndyn, yn dweud wrth Martha ei bod hi'n cael mynd adra, sy'n lluchio ei phartner eto.

''Dan ni'n rhyddhau hi? Ond–'

'Wilkins yn mynnu. Heb y gyllell, heb y corff, be sgynnon ni? Uffar o'm byd.'

'Ond mae hi 'di cyfadda,' mynna Gareth.

Mae'r ddau'n gwybod nad ydi hynny ddim yn ddigon ac os ydi Wilkins wedi dweud bod rhaid gadael iddi fynd, does dim dewis ganddynt. Mae Teresa'n edrych ar Martha ac er mwyn cael gadael ei marc ar yr un sydd wedi gwastraffu ei diwrnod, mae'n ei rhybuddio,

'Gei di fynd adra, Martha, ond paid â gadal yr ardal, ia? Dydi hyn ddim drosodd.'

Mae Martha'n dal i eistedd yn ei chadair, ddim cweit yn credu ei bod hi'n rhydd i fynd adra. Dydi hi chwaith ddim yn gwybod a ydi hi fod i godi rŵan a mynd ei hun, 'ta disgwyl i rywun ei thywys hi o'r ystafell. Mae'n codi o'r gadair ond cyn symud ymhellach, mae yna un peth mae Martha angen ei wybod.

'Os nad Sean oedd y corff wnaethoch chi ffeindio... corff... corff pwy oedd o?'

Mae Gareth yn codi ei ben a throi at Teresa. Mae yntau isio gwybod hynny hefyd.

Mae Teresa yn oedi am eiliad ond mae hi wedi cael llond bol heddiw ac yn ateb heb feddwl.

'Dyn wyth deg naw mlwydd oed. Wedi ei drywanu efo cyllell. Newydd gael ei enwi fel Mr Lewis Evans.'

Ac mae Teresa yn gadael heb droi'n ei hôl ac felly dydi hi ddim yn gweld Martha yn syrthio yn ôl i'r gadair a chladdu ei phen yn ei dwylo.

RŴAN

ADRA

Mae'r gwres yn fy nharo pan dwi'n cerdded i mewn i'r tŷ. A'r sŵn. Chwerthin mawr a siarad yn dod o'r gegin a phan dwi'n cerdded i mewn i'r gegin, dwi'n cael fy amgylchynu gan freichiau a dim ond ar ôl cael fy rhyddhau o'u gafael dwi'n gallu gweld pwy sy 'na i gyd – Mam a Dad, Rhys, Denise, Ywain ac Elffi. Ac mae pawb mor falch o 'ngweld i ac yn fy ngwasgu a fy lapio mewn blancedi, fel tawn ni newydd ddod adra o'r sbyty ar ôl bod yno am wythnosau. Dim ond ers bora 'ma dwi 'di mynd ond mae'r gegin yn teimlo'n hollol wahanol rŵan. Llawn gola, llawn hwyl a llawn cariad. Er ei bod hi'n dal yn olau tu allan, mae Elffi yn ei phyjamas ac yn gwisgo slipars rhy fawr iddi – dwi'n siŵr mai fy rhai i ydyn nhw, wedi meddwl. Mae 'na fwyd a chacennau ym mhobman, fel sy 'na ar ôl i rywun farw, ond dydyn nhw'm yn gwybod bod rhywun wedi marw eto. Mae Mam wrthi'n rhoi mwy o fwyd yn y popty, dwn i'm be. Dwi'm isio bwyd ond wna i ddim deud hynny wrthi. Fyswn i'm yn synnu petai hi 'di bod wrthi'n cwcio drwy'r dydd – ei ffordd hi o deimlo ei bod hi'n gneud rhwbath i helpu.

O'n i'n disgwyl cael fy nyrnu efo cwestiynau am be ddigwyddodd neithiwr, be ddigwyddodd efo'r heddlu heddiw a be fydd yn digwydd nesa ond does 'na neb yn deud diawl o'm byd. Mae'n amlwg iddyn nhw gytuno ar hynny cyn i fi gyrraedd. Mae Elffi'n gofyn a o'n i'n gorfod gwisgo dillad y *jêl* ond mae pawb yn newid y pwnc cyn i fi ateb. Does 'na neb yn crybwyll Sean.

Yr unig beth mae Dad yn ei ddeud am yr holl beth ydi 'bob dim 'di sortio rŵan' a gwasgu fy llaw yn dyner a dwi'n reit siŵr bod ganddo rwbath i neud efo'r ffaith mod i wedi cael dod adra mor sydyn.

Dydw i ddim am ddeud wrthyn nhw am Lew, ddim ar y funud. Dwi am fwynhau y sgwrsio a'r chwerthin a'r osgoi.

Er mawr siom i Mam, mae Denise a Rhys yn dechrau paratoi eu pethau i fynd yn ôl i lawr i Gaerdydd cyn cael blasu beth bynnag sydd yn y popty ond mae'r ddau ar dân i fynd adra a'r unig reswm aethon nhw ddim yn syth o Black Rocks oedd eu bod nhw isio gneud yn siŵr mod i'n iawn.

Mae Rhys 'di cael ail wynt o fod ar y traeth, mae'n rhaid, ac mae o'n mwydro am ryw syniad mae o 'di gael am gyfres gerddoriaeth cyfnod coleg ac mae o isio ffonio rhywun yng Nghaerdydd i drafod. Rowlio ei llygaid mae Denise ond yn ddigon chwareus achos mae'n well ganddi wrando ar Rhys yn mwydro am syniad na welith olau dydd, ella, na'i wylio'n ista ar ei din mewn cadair.

Ar ôl mwy o freichiau o amgylch ein gilydd, a chyfnewid rhifau ac addewidion am gadw mewn cysylltiad, mae Denise a Rhys yn agor y drws i adael.

'Cofia nawr, tro nesa ti'n Gaerdydd, Martha, ma rhaid ti alw draw. A wi isie gwbod popeth am Iwan, OK!' meddai Denise gan wincio arna i a rhoi darn o bapur yn fy llaw. Llun ohona fi ydi o, un mae hi wedi ei greu rywbryd dros y dyddia dwytha 'ma. Dwi'n casáu lluniau ohona i'n hun fel arfer ond mae hwn ychydig mwy sbesial na selffi.

'Olréit, Martha!' meddai Rhys a gafael amdana i nes bo 'nhraed i'n codi o'r llawr. 'Diolch bach,' meddai o heb ymhelaethu. Mae'n edrych ar Ywain ac yna'n ôl ata i ac mae yntau'n rhoi winc fach hefyd. 'Fyddi ti'n olréit,' meddai gan adael i mi wybod mewn ffordd anghynnil iawn mai gan Ywain fyswn i'n cael atebion am *y pump*. Dwi'n gwenu arno i drio tawelu unrhyw ofnau y byswn yn deud unrhyw beth wrth Denise. Er, o'r ychydig o'n i'n nabod Denise, dwi'n siŵr y bysa hi'n meddwl mwy o'i gŵr o wybod be wnaeth o, neu be oedd o'n fodlon ei neud i Mam a Dad. Wrth i mi gau'r drws ar eu holau, dwi'n eu clwad nhw'n dadlau yn barod ynglŷn â lle ydi'r lle gora i gael petrol ar y ffordd.

Tra bod Ywain, Mam a Dad yn dal yn y gegin dwi'n gweld fy nghyfle i gael pum munud bach efo Elffi a dwi'n mynd i eistedd ati ar y soffa. Mae hi'n gwylio rhyw gyfres Americanaidd a dydi hi'm yn tynnu ei llygaid oddi ar y teledu ond mae'n swatio'n agos ata i ac yn dechrau egluro, mewn gormod o fanylder, pwy ydi pawb ar y rhaglen ofnadwy 'ma.

Dwi'm isio sbwylio'r foment iddi ond dwi angen deud rhwbath wrthi.

'Cofia, Elffi, cofia ein cyfrinach fach ni, OK? Dad, chdi a fi a neb arall, cofio?'

Mae'n closio hyd yn oed yn nes ata i ac yn dal i fwydro am ferch sydd wedi ffraeo efo rhyw gennod eraill ond dwi'n gwybod ei bod hi wedi fy nghlywed i.

'Fydd bob dim yn iawn, dwi'n addo,' medda fi a rhoi cusan ar ei phen. A dwi'n benderfynol o gadw at fy ngair.

'O na, ti'm yn licio'r *trash* yma hefyd, Martha! *Shame!*' meddai Ywain pan mae'n dod i'n nôl ni i gael bwyd.

'O, yndw mae'n wych,' medda fi er diléit i Elffi oedd heb sylwi ar fy *sarcasm*, graduras.

★

Mae'n rhyfedd eistedd o gwmpas y bwrdd a thrio byta. Llai na wythnos yn ôl mi oedd Mam, Dad a fi o gwmpas yr un bwrdd yn *dathlu* fy mhen-blwydd. Y flwyddyn nesa, dwi'n mynd dramor. Ar fy mhen fy hun, ymhell o unrhyw sypreisys!

Dydi ffôn Mam ddim wedi stopio gneud sŵn ers i fi ddod adra.

'Dach chi'n boblogaidd iawn heno, Mam.' A dwi'n sylwi arni hi a Dad yn edrych ar ei gilydd. O na, dyma ni eto. Be rŵan!

'Be? Pwy sy'n tecstio chi?' dwi'n gofyn.

Mae Dad yn nodio ei ben fel arwydd i Mam ddeud wrtha i.

'Dafydd sy 'na. Mae o wrthi'n ddi-baid ers neithiwr,' meddai Mam, yn amlwg 'di ca'l llond bol ar y negeseuon.

'Daf? Yn tecstio chi? Be ddiawl mae o isio efo chi?'

'O, rhyw swnian, isio i fi berswadio chdi i roi cyfle arall iddo fo, isio ca'l dod i'r tŷ i siarad efo dy dad a fi, bod o'n poeni bo chdi 'di ca'l rhyw *funny turn* wsos yma a bod o'm yn gwbod be sy 'di digwydd i chdi.'

'BE?!'

'Deud 'thi be ddudist di wrtho fo, Sian, pan ofynnodd o be sy 'di digwydd i Martha... deud wrthi...' Mae Dad yn cyffroi drwyddo rŵan ac fel deuawd berffaith fysa'n ennill gwobr mewn steddfod, mae'r ddau yn deud ar y cyd,

'Ma hi 'di callio a cha'l gwared ohona chdi, y twat.'

Gigls mawr wedyn gan Elffi nes bod pawb o amgylch y bwrdd yn chwerthin.

Mae Mam yn diffodd ei ffôn a gwenu. Mae'n gafael yn llaw Dad a deud,

''Dan ni'n edrych mlaen i gael ein Martha bach ni yn ôl.'

Dwi'n meddwl mai dyna be mae'n ddeud ond dydi hi'm yn hawdd deall bob gair gan ei bod hi'n crio.

Do'n i'm yn meddwl mod i awydd bwyd, ond dwi'n clirio 'mhlât yn gynt na neb. Does 'na'm byd fel bwyd Mam. Ac wrth gwrs mae 'na bwdin. Cacan ben-blwydd...

'Ond pen-blwydd pwy ydi o?' Mae Elffi yn methu deall ond yn ddigon hapus i gymryd darn o gacan.

'Wel... mi oedd hi'n ben-blwydd ar Martha dydd Llun, Elffi, a chafodd hi'm darn o'i chacan ben-blwydd, yli,' eglura Mam.

'Pam?' hola Elffi efo llond ceg o gacan ond dydi Mam, Dad na fi yn ei hateb, dim ond chwerthin ar ein jôc fach wrth gofio be ddigwyddodd i'r gacan honno. Does diawl o ots gan Ywain ac Elffi chwaith gan fod Elffi yn canolbwyntio gormod ar bigo'r tsioclet oddi ar dop y gacan ac mae Ywain yn dechrau ar y brandi rŵan.

Dwi'n sylwi ar y cesys piws yn y gornel. Mae Ywain ac Elffi am aros efo fi am dipyn a dwi'n edrych mlaen. Dwi'n gwybod bod yr wythnosa nesa yn mynd i fod yn sialens. Mae peidio gwybod be sy'n digwydd fel arfer yn fy ngneud i'n chwys oer, ond dwi'n teimlo'n iawn.

*

Mae'r gweddill yn gorweddion ar y soffa felly dwi'n mynd am fàth gan mod i'n methu cael oglau'r car heddlu oddi ar fy nillad na 'ngwallt, ond pan dwi wrth waelod y grisiau, dwi'n sylwi bod y golau coch ar y peiriant ateb yn fflachio, felly dwi'n penderfynu gwrando ar y neges cyn mynd i fyny. Dwi'n dychryn wrth glywed y llais.

'Shw mai? Martha? Ti 'na? Lew sy 'ma. Lewis Cwm Gwyn. Helô?'

Dwi'n syrthio'n ôl a methu'r gris gyntaf ac yn ista ar fy mhen ôl ar y llawr. Mae llais Lew yn wan ac mae 'na sŵn yn y cefndir. Sŵn gwynt... a môr. Dwi'n trio cofio be oedd ar ddechrau'r neges, pryd oedd hi, neithiwr? Bore 'ma? Ond dwi'm yn cofio. Dim ots. 'Na'i wrando'n ôl wedyn. Dwi'n gwrando ar y gweddill ac mae'n uffernol o anodd. Mae'n amlwg bod rhwbath wedi digwydd ac mae'n cymryd amser i Lew druan ddeud ei neges achos mae'n cael trafferth siarad.

'Damo... fi 'di ffono'r ffôn tŷ... yn lle'r ffôn bach... sdim ots... grynda, Martha... ma fe 'di mynd... sdim isie ti fecso rhagor... fi 'di sorto fe... ond ma'r diawl 'di sorto finne 'fyd... o't ti'n reit, bach... do'dd dim bwledi yn y gwn... ges i 'nala mas... ond... ond paid ti becso byti fi... fi 'di joio... fi'n barod... fi wedi blino nawr 'fyd... diolch, bach, diolch am–'

A dyna fo. Y dôn hir yn torri ar draws Lew mewn ffordd mor ddigywilydd.

Dwi'n ista ar y llawr yn hir heb symud ac yn clywed chwerthin yn dod o'r stafell arall. Sut uffar dwi am ddeud wrth Elffi am Lew? Alla'i ddim. A wna'i ddim. Dim tan bod rhaid. Mae fy llaw yn crynu ac yn wlyb efo dagrau wrth i mi bwyso'r botwm ar y peiriant ateb.

'*Message deleted.*'

Diolch, Lew.

A dwi'n mynd i fyny'r grisiau yn araf. Hanner ffordd, dwi'n sylwi ar rwbath. Tedi Melyn. Ma rhaid bod Elffi wedi ei ollwng. Dwi'n ei godi a mynd â fo i fyny efo fi.

Gneud yn siŵr bod y pedwar sydd ar y soffa 'na yn saff ac yn iach sy'n bwysig rŵan. Dwi'n gwybod hynny. Dwi'n mynd i 'mhoced ac yn estyn y papur efo'r pump enw... ac yn ei dorri yn ddarnau bach. Ffyc mi. Am ben-blwydd.

RŴAN

TERI A GARETH

Pan mae PC Teresa Evans yn cyrraedd adra mae ei mam yn eistedd yn ei chôt yn barod i fynd i'r ysgol. Mae Teresa yn gwenu yn annwyl arni ac yn ei helpu hi i dynnu ei chôt gan ddweud wrthi bod 'na ddim ysgol heddiw am ei bod hi'n ddydd Sadwrn. Mae'r ddwy yn treulio gweddill y noson ar y soffa, yn gwylio hen gomedïau ac yn sŵn chwerthin ei mam, mae Teri'n anghofio bob dim am weddill y diwrnod.

Mae PC Gareth Williams yn eistedd ar ei soffa yntau efo *peach iced tea* a chacan jioclet heb siwgr. Mae o'n dal yn conffiwsd.

ELFFI

ELFFI YDW I.

Heddiw, rydw i wedi bod efo Dad a Martha yn y car i dŷ mawr saff i plant fel fi, a Mam neu Dad nhw sydd isio help. Dydw i ddim yn aros yn y tŷ mawr achos rydw i yn tŷ Martha a mae tŷ Martha yn saff. Rydw i yn mynd i'r tŷ mawr saff i fynd â pethau i'r plant achos maen nhw wedi mynd yna yn ganol nos ella a maen nhw wedi gadael tois nhw gyda dillad nhw yn tŷ hen nhw. Maen nhw wedi gadael tŷ hen nhw pan mae hi'n dywyll. Dydw i ddim ofn pan mae'n dywyll achos mae'n ddistaw a dwi'n breuddwydio.

Rydw i wedi mynd â bag mawr du efo Ironman, Black Widow, Wonder Woman, Black Panther a BOB UN dillad archarwyr sydd gen i ynddo fo a dydw i ddim wedi crio. Dydw i ddim isio gwisgo nhw rŵan. Mae Martha wedi mynd â fi i Llandudno i gael llawer o ddillad newydd.

Roedd fi ychydig bach yn drist yn rhoi Spiderman yn y bag mawr du achos Spiderman oedd un gorau fi. Pan oedd fi yn gwisgo Spiderman, doedd fi ddim yn clywed sŵn mawr achos mae pen Spiderman yn mynd dros clustiau fi. Pan mae sŵn mawr mae calon fi yn gneud sŵn mawr hefyd a weithiau dwi'n poeni bod calon fi yn mynd i dod allan o bol fi. Roedd gan Miss Lewis yn ysgol fi yn Llundain babi yn bol hi a 'nes i weld o yn symud a roedd llaw neu troed fo yn pwsho bol hi. Roedd o yn trio dod allan, dwi'n meddwl, ond 'nes i ddweud i fo aros yn bol Miss Lewis achos mae o'n dywyll neis a does dim sŵn yn bol Miss Lewis.

Ar ôl bod yn y tŷ mawr saff, roedd Dad, Martha a fi wedi cael cinio mewn pyb ac roedd Martha yn cwyno bod dim papur yn ddweud beth roedd i fwyta a roedd Dad yn cwyno bod bob dim yna efo *carbs*. Roedd fi ddim yn cwyno. Roedd fi yn hapus achos roedd fi wedi cael spag bol. (Jini Mê! Dydw i ddim yn gallu sgwennu fo i gyd, sorri, achos dydw i ddim yn cofio sut i sillafu fo.)